L'ODYSSÉE DES FEMMES

L'Iconoclaste,
26, rue Jacob, 75006 Paris
Tél. : 01 42 17 47 80
iconoclaste@editions-iconoclaste.fr
www.editions-iconoclaste .fr

Murielle Szac

L'ODYSSÉE DES FEMMES

L'ICONOCLASTE

À Sophie de Sivry

À Bahia et Marie,
Esther et Mathilde,
Ariane,
Katerina,
Dina et Maria
et toutes les vibrantes jeunes femmes
qui m'entourent
et savent si bien mener leur barque

Prologue
Une histoire d’hommes racontée par les hommes pour les hommes

Et si tout commençait par un malentendu ? Un énorme et jubilatoire malentendu... Je venais à peine de publier *Le Feuilleton d'Hermès*, le premier volume de ma série « La mythologie grecque en cent épisodes », quand le phénomène s'est enclenché. Des enseignants se sont emparés du livre, je dis bien des enseignants, pas des enseignantes. Et puis des lecteurs sont venus solliciter une dédicace, m'ont adressé des remerciements émus et passionnés par courrier, je dis bien des lecteurs, pas des lectrices. Plus la notoriété de l'ouvrage grandissait, plus la surreprésentation des pères parmi mon lectorat augmentait. « Ton fan-club de papas », plaisantait mon entourage. Mais c'était vrai et cela me rendait perplexe.

Trois volumes plus tard, cette réalité s'est imposée comme une évidence : les hommes sont spontanément attirés, aimantés par la mythologie grecque. Comme si, par nature, les mythes grecs et leur cortège d'épopées héroïques étaient porteurs du souffle de la virilité. Comme si l'ADN de ces histoires était intrinsèquement masculin. Mes lecteurs, se sentant en terrain « familier », plongent sans arrière-pensées dans un univers que des siècles de tradition littéraire et artistique ont voué à la testostérone. C'est une aubaine pour eux, car habituellement la fiction et l'imaginaire sont dévolus aux femmes. N'est-ce pas elles qui dominent dans le fameux rituel de l'histoire du soir ? Confiscation féminine abusive du domaine de l'affect ou méfiance masculine instinctive pour le partage des émotions ? Sans doute un peu des deux. Aux hommes les livres documentaires, aux femmes les contes de fées. Papa raconte le monde, Maman l'enjolive.

Cette dichotomie peut sembler caricaturale, et je vois déjà des lecteurs qui protestent, pourtant la littérature de jeunesse est fréquentée d'abord au féminin. Les rayons jeunesse des librairies et des bibliothèques sont aux mains des femmes. Je m'amuse souvent à parcourir des yeux le public avant une conférence ou une rencontre dont le thème porte sur la lecture et les enfants afin de repérer les rares exceptions masculines. Une poignée d'hommes, tout au plus, disséminés parmi une marée de femmes. Ce déséquilibre perdure lorsqu'on accède à la littérature adulte, mais de manière moins criante. Ce n'est pas un hasard non plus si les garçons qui lisaient des romans à l'école primaire s'en éloignent souvent en grandissant. Devenus ados, ils se méfient de plus en plus du miroir introspectif que leur tend inévitablement la fiction. La peur des sentiments et de leur expression, tout inconsciente qu'elle soit, domine encore largement l'éducation masculine.

Or, en lisant mes feuilletons mythologiques, ce que pères et enseignants ont éprouvé sans s'y attendre, et qui les a séduits, c'est ce renvoi à leur propre subjectivité qu'ils fuient malgré eux. En plongeant dans ces mythes, à la recherche d'héroïsme et d'aventures belliqueuses, ce qu'ils rencontrent est d'une nature bien différente. Car j'ai choisi d'entraîner mon lecteur sur le terrain des questions existentielles que soulèvent ces histoires anciennes. Les mythes sont nés pour proposer une explication à l'inexplicable, pour penser ce que l'esprit peine à se représenter, questionner les forces qui agissent en nous, pour dire ce qui fonde notre humanité. C'est pourquoi, plus de trois mille ans après, ils gardent la même puissance d'attraction et la même urgence. Raconter ces histoires aujourd'hui, c'est pour moi une tentative de réintroduire du symbolique dans un monde où il ne cesse d'être grignoté. Il s'agit, au travers de récits imaginaires et fabuleux, de s'interroger sur la naissance du monde et l'origine de toute chose, mais aussi de questionner la mort, la vie, le bien, le mal, la violence, la fidélité, la trahison, la haine, l'amour... Chaque épisode nous entraîne au cœur de ces vertigineuses questions, confirmant ainsi que nous avons raison de nous les poser. Nous inscrivant dans la chaîne des générations. Ouvrant à l'infini la porte à la pensée complexe, aux sentiments ambivalents, plus que jamais indispensables dans une époque devenue tristement binaire. En mythologie, rien ne pourra se résumer par un oui/non, pas plus qu'un j'aime/j'aime pas. Tout converge plutôt vers un « pourquoi ? » dont la réponse n'est jamais univoque, toujours passionnante.

J'ai été invitée récemment à intervenir devant les étudiants de l'école Estienne, la prestigieuse école d'arts graphiques, pour évoquer mon obsession sérielle, ce goût du feuilletonnant et du « à suivre » qui m'habite. Au moment où je venais de déclarer que les mythes grecs nous aidaient par leur brûlante actualité à comprendre le monde dans lequel nous vivons, un jeune homme lève la main et m'interpelle : « N'est-ce pas un peu dépassé tout cela, je dirais même daté, avec notamment une vision de la femme passive et subalterne ? » Je décidai d'en savoir plus avant de répondre. Quelle idée se faisait-il donc des héroïnes de la mythologie ? « Des victimes enchaînées à un rocher attendant que le héros vienne les libérer, des épouses soumises soupirant après le retour de la guerre de leur héros, des femmes pourchassées par Zeus et les autres dieux, bref de faibles créatures fades et sans défense... », énuméra-t-il. J'ai appris plus tard que cet étudiant se prénommait Arthur. Si je l'avais su, j'aurais pu lui dire que son prénom était à la fois chargé des valeurs héroïques d'un roi de légende et des valeurs poétiques d'un poète de légende, et que les deux cohabitaient harmonieusement en lui. Histoire de lui faire comprendre, non pas que sa vision était fausse, mais qu'aucune réalité ne peut se lire à l'aune d'un seul prisme. Je me suis contentée de lui rétorquer que la mythologie grecque faisait en réalité la part belle aux femmes. Que, mieux encore, elle redistribuait résolument les cartes du masculin et du féminin. Et je suis devenue intarissable...

Le soir même, je reçus un petit message d'Arthur, me remerciant d'avoir « terrassé [ses] préjugés sur la place des femmes dans la mythologie ». L'expression m'a plu. Jusqu'à présent, j'avais raconté les mythes aux enfants. Les adultes qui me lisaient, en général, le faisaient par le truchement d'un partage avec des plus jeunes. Il était plus que temps de révéler à tous le véritable visage des déesses et héroïnes de l'Antiquité, tel que je l'avais redécouvert. Je décidai de m'adresser aux adultes pour partager mon cheminement et le fruit de mes trouvailles. Car ces figures féminines avaient de quoi nous marquer et nous inspirer.

Lorsqu'il y a maintenant vingt ans je me suis emparée des mythes grecs pour les remettre à disposition de tous, y compris des plus jeunes, est-ce que je n'étais pas moi aussi convaincue de plonger dans un univers d'hommes ? Qu'avais-je donc en mémoire, derrière ma passion pour la mythologie, si ce n'est le foudre de Zeus et les lauriers d'Apollon, Héraclès et ses muscles, Achille et ses exploits de guerrier au pied des murailles de Troie ? Quelles images féminines hantaient mon imagination, à part la *Vénus* de Botticelli, cette gracieuse et fragile femme dénudée sortant des flots, ou cette autre femme nue, enchaînée à un rocher, menacée par un monstre marin, l'*Andromède* de Titien, tandis que le glorieux Persée vole à son secours ? Peut-être flottait-il aussi dans un coin de ma tête la version effrayante d'un féminin venimeux avec la *Méduse* de Caravage, cette Gorgone à la tête grouillante de vipères ou la vision de la poitrine menaçante de cette cruelle Sphinx telle que Gustave Moreau nous la peint ?

Depuis les *Contes et Légendes du monde grec et barbare* de mon enfance (chez Fernand Nathan) et leur couverture martiale – un cheval en bois devant lequel pose un homme casqué en armure ceint d'une épée – jusqu'aux chefs-d'œuvre de la peinture et de la sculpture dont j'étais nourrie, en passant par les versions latines et les tragédies classiques, la toile de fond que j'emportais avec moi comme bagage était tissée de batailles, postures belliqueuses et courage à moustache : le valeureux Achille et le courageux Hector s'affrontant à mort sous les murailles de Troie, Jason le téméraire parti conquérir la Toison d'or avec sa bande d'Argonautes, Héraclès capable d'accomplir douze travaux nécessitant une force surhumaine, sans parler de Thésée aux prises avec le monstrueux Minotaure ou bien de Persée combattant la Gorgone, ou encore d'Ulysse face au Cyclope, et autres dangers venus de la mer... Bref, ces héros, tous masculins, glorifiés par les poètes, les tragédiens, les peintres et les sculpteurs, occupent l'espace. Quant aux héroïnes, elles brillent par leur noirceur ou leur fragilité, c'est selon. Médée ? Une mère infanticide, folle et hystérique. Pénélope ? Une épouse écrasée par le destin, rivée à son métier à tisser. Hélène ? Une faible femme enlevée contre son gré à son époux.

Pour l'heure, moi qui me pensais « au point », confondant allègrement ma passion pour les mythes grecs et quelques heures d'études littéraires avec une véritable connaissance, j'ignorais que j'attaquais ces textes fondateurs la tête emplie de clichés. Que ces histoires de batailles, de vengeances et de trahisons n'étaient que l'écume des choses, paravents virilistes masquant la réelle complexité des grandes figures qui hantent la mythologie. Qu'au fil des siècles, des hommes avaient accaparé les récits de l'Antiquité, les détournant au profit d'un ordre immuable : celui d'une vision du monde machiste et inégalitaire, en toute bonne conscience.

Dès le début, les aèdes, ces bardes antiques s'accompagnant d'un instrument de musique, contaient les épopées en exaltant les vertus guerrières des héros, les dangers monstrueux auxquels ils étaient exposés et les colères divines qui les environnaient. Ils se transmettaient ces récits oralement, chacun se les appropriant en réinventant une petite partie. Le nom de certains de ces poètes est passé à la postérité. Aucune femme ne remplissait cette fonction. Siècle après siècle, les écrivains se sont emparés de ces fabuleux récits pour les interpréter à leur manière, au gré de leur époque. Les dramaturges, les poètes, les romanciers ont puisé leur inspiration dans les mythes grecs, y trouvant un terreau fécond à leur créativité. Vous connaissez peut-être le nom des plus célèbres : Homère, Hésiode, Pindare, Sophocle, Euripide, Eschyle, Ovide, Virgile, Dante, Corneille, Racine, Kazantzakis, Anouilh, Giraudoux... Tiens, tiens, cherchez la femme !

C'est pourtant ainsi que les mythes sont parvenus jusqu'à nous. N'oublions pas le rôle éminent des passeurs qui traduisirent les textes antiques du grec au latin, puis par la suite au français. Parmi ceux qui s'attaquèrent aux longs poèmes d'Homère, l'*Iliade* et l'*Odyssée*, seule une traductrice tire son épingle du jeu : Anne Dacier, à la fin du XVIIe siècle, fut une pionnière de la traduction homérique. Reste que les noms des nombreux traducteurs qui ont rendu ce monument de la littérature mondiale accessible se passent de commentaires : Leconte de Lisle, Victor Bérard, Philippe Jaccottet, Philippe Brunet et plus récemment le très brillant Emmanuel Lascoux. Là encore, cherchez la femme ! En quoi cela influe-t-il sur notre perception du rôle des femmes dans la mythologie ?

Jusque-là, je n'y avais vu que du feu. Des mythes romains aux tragédies antiques, des tragédies classiques aux pièces contemporaines, en passant par la poésie, la peinture et la sculpture, je n'avais pas compris que la mise en récit des dieux et des héros nous était parvenue du seul point de vue masculin. Que cette histoire d'hommes, racontée par des hommes, pour des hommes cachait bien d'autres facettes. L'époque nous invite – il était temps ! – à réexaminer nos représentations et nos présupposés. Toutes ces femmes, dans tous les domaines, qui ont été niées, gommées au fil des siècles, celles que

Titiou Lecoq appelle « les grandes oubliées[1] », apparaissent enfin au grand jour. Les figures féminines des mythes ne demandaient, elles aussi, qu'à sortir de l'ombre. J'étais loin de me douter que le voyage au pays des dieux que je m'apprêtais à accomplir allait se transformer peu à peu en une véritable odyssée des femmes. Que j'allais y rencontrer déesses, héroïnes, guerrières, amantes, magiciennes, fileuses et tisserandes, toutes celles qui tressent le fil de l'Histoire avec celui de la vie et de la mort. Car elles étaient bien là, présentes, incandescentes, et n'aspiraient qu'à être écoutées et reconnues.

En presque vingt ans, je suis allée de surprises en découvertes, et j'ai cassé une à une mes propres représentations. Plus qu'à une relecture des mythes au féminin, j'ai décidé de vous inviter à refaire avec moi ce chemin de découvertes. Gageons que vous ne regarderez plus jamais de la même manière les statues du jardin des Tuileries ou celles du Parthénon. Et que vous rencontrerez en route bon nombre de figures vivifiantes pour les femmes du XXIe siècle.

---

1 — *Les Grandes Oubliées. Pourquoi l'Histoire a effacé les femmes*, L'Iconoclaste, 2021, et Proche, 2023.

1.
Les toutes-puissantes nourrices des dieux

J'ai toujours adoré ces jeux enfantins où, en reliant des points numérotés disposés çà et là sur une feuille de papier, je faisais apparaître un dessin. La forme qui surgissait alors sous mon crayon devenait soudain évidente. Tant qu'ils étaient isolés les uns des autres, ces petits points flottaient dans la page, sans autre signification qu'eux-mêmes. Une fois raccordés, ensemble ils faisaient sens. De leur unité naissait l'image.

Lorsque j'ai choisi de m'attaquer aux mythes grecs, j'avais une vision aussi pointilliste de la myriade d'histoires, de dieux et de héros qui en constituaient le socle. Je me souvenais de mes premières lectures et précisément de mon désir de mise en cohérence et en relation des personnages, les uns par rapport aux autres. Voyons, parmi ces trois déesses qui se chamaillent pour savoir qui est la plus belle et déclenchent la guerre de Troie, il y a bien Athéna, la déesse de la Sagesse et de la Guerre ? C'est elle aussi qu'on retrouve en train d'aider le valeureux Ulysse sur le champ de bataille ? C'est la même qui sort tout armée de la tête de son père, n'est-ce pas ? Cet effort pour raccorder les récits entre eux, j'en étais convaincue, empêchait le lecteur d'embrasser la globalité d'un univers riche et passionnant. J'avais décidé de m'atteler à cette tâche : relier les histoires, mettre de la cohérence et de l'ordre dans cette matière touffue. Être en somme celle qui tisse le fil et entrelace les points pour que l'imaginaire se déploie. J'ignorais d'ailleurs, à l'époque, combien les grandes figures féminines des mythes sont liées à la quenouille et au tissage.

À la rencontre des Thries

Mais d'emblée se posait une première interrogation : comment démêler cet écheveau ? J'optai pour un « poisson-pilote », un personnage qui soit en permanence aux côtés du lecteur, partage ses découvertes et ses questionnements, et vive les aventures plutôt que de les raconter. C'est ainsi que je choisis en premier lieu Hermès, le dieu messager, celui qui circule partout, avec ses ailes aux pieds. Un dieu doté d'une insatiable curiosité, un beau parleur qui sait que les mots sont plus forts que les armes. J'aimais sa naissance magique, à la Kirikou, lui qui aussitôt sorti du ventre de sa mère se met à marcher et à parler, et part découvrir les beautés du monde. J'aimais sa malice et son impertinence, lui qui dès son premier jour de vie vola le troupeau de vaches de son grand frère Apollon, en les faisant marcher à reculons pour brouiller leurs traces. J'aimais son ardent désir de se faire aimer et reconnaître par son père, lui le petit bâtard, né des amours extra-conjugales de Zeus avec la nymphe Maïa. Mais avant de partir dans ce long compagnonnage de cent épisodes à ses côtés, il me fallait trouver la manière de lui adjoindre de l'aide. C'est alors que j'ai rencontré les nourrices des dieux.

Je ne savais rien d'elles, ou si peu. Un nom : les Thries. Un lieu de vie : le mont Parnasse. Une fonction : être les nourrices des dieux de l'Olympe. Une particularité : savoir prédire l'avenir en lançant des petits cailloux dans l'eau. Rien de plus, parce qu'il n'y a rien de plus dans les textes anciens. À peine évoquées dans les *Hymnes homériques* pour leur relation avec Hermès justement, ou chez le poète Callimaque. Alors je les ai rêvées. Je les ai dotées de pouvoirs. Je les ai nommées. Leurs cheveux noués en chignon sont gris, leurs doigts sont rugueux d'avoir frotté les linges blancs qui emmaillotent les bébés, et leurs rides racontent les plis et replis de la vie. Hermès, comme nous tous, cherche à comprendre qui il est, et à trouver sa place dans le monde. Il court s'instruire auprès des trois nourrices, dont l'une va devenir sa figure tutélaire.

La plus jeune, Antalia, lui apprend à voir ce qui existe autour de nous, les mille trésors cachés derrière chaque brin d'herbe, chaque caillou, chaque insecte. Lorsqu'Hermès la rencontre, elle lui désigne un ruisseau qui serpente devant sa grotte et lui demande ce qu'il voit. Le jeune dieu, surpris par la question, regarde le petit torrent et répond, penaud, qu'il ne voit rien d'autre que de l'eau qui coule. Alors Antalia décide de lui transmettre ce qu'elle sait : la sagesse du présent.

Sept jours et sept nuits plus tard, Hermès a changé. La nourrice le questionne de nouveau : « Que vois-tu, maintenant ? »

Hermès s'accroupit au bord du ruisseau, et voici ce qu'il dit : « Je vois la courbe dansante et gracieuse de l'eau qui court, je vois les éclats d'or du soleil qui se reflètent à la surface, je vois le petit poisson argenté blotti sous cette pierre, je vois l'algue verte qui ondule au courant, je vois l'insecte qui glisse en patinant, et je vois les traces des pas des animaux venus boire. Je sens l'odeur fraîche de la mousse et celle des jacinthes. J'entends la musique des gouttelettes qui frappent le rocher. J'entends les libellules qui frôlent l'eau de leurs ailes vibrantes. J'entends le chant des petites grenouilles tapies derrière les brins d'herbe. Et je retrouve le bon goût de la terre et du soleil dans la pureté de cette eau que je porte à mes lèvres[1]. » Grâce à Antalia, Hermès a trouvé la clé d'un univers invisible. Seul celui qui sait attendre et regarder peut y entrer.

La deuxième nourrice, Rosanna, sait apprendre à deviner l'avenir en lançant de petits cailloux dans l'eau. Elle décrypte le futur en observant les formes qui affleurent à la surface. Qui n'a pas rêvé de connaître son destin à l'avance ? Hermès s'instruit auprès d'elle. Et peu à peu le voici capable d'interpréter, lui aussi, les ondulations liquides. Les portes du futur s'ouvrent grand pour lui. Cependant, il est déçu : ce don de divination ne lui permet pas de savoir qui il est. Car pour savoir qui l'on est, on a besoin de savoir d'où l'on vient. Nous sommes faits de ce que l'on vit aujourd'hui, de ce que l'on vivra demain mais aussi de ce que les autres ont vécu avant nous.

C'est là qu'intervient la troisième des sœurs, la plus âgée, que j'ai appelée Pausania. Ses yeux ont tout vu depuis la nuit des temps. « Elle a langé, bercé et nourri les enfants des dieux de toute éternité. Ses bras sont fatigués d'avoir tant porté. Ses mains sont usées d'avoir tant caressé. Sa voix est cassée d'avoir tant chanté. Mais elle

---

1 — Le Feuilleton d'Hermès, Bayard Éditions, 2006, p. 27.

est la mémoire vivante du monde[2]. » Sans elle, rien ne peut advenir. Car c'est elle qui nous permet de découvrir l'origine de toutes choses sur Terre. Qui n'a jamais rêvé d'assister à la naissance du cosmos ? À celle de ses ancêtres ou de son père ? Chaque fois que Pausania attire la tête d'Hermès sur ses genoux, elle l'emporte dans le passé, à la découverte de son histoire et de celle du monde.

Des figures féminines enrichies

En nommant les nourrices des dieux, en donnant à Pausania une place centrale dans *Le Feuilleton d'Hermès*, je ne pensais pas que mes créations prendraient une telle dimension. Si quelques hellénistes ont cherché, en vain, la source de leurs noms, les lecteurs les ont adoptées sans se poser de questions. Au point que j'ai découvert récemment, avec un mélange d'étonnement et de fierté, que la fiche Wikipédia relative aux Thries les présentait ainsi : « Les Thries ou Thriae (grec ancien : θριαί, *Thriaí*) sont trois sœurs, célèbres femmes-abeilles au service du dieu Hermès : Antalia, Rosanna et Pausania. Ce sont les nourrices des dieux de l'Olympe. Antalia apprend à voir l'invisible ; Pausania, elle, enseigne le passé ; enfin Rosanna, quant à elle, apprend à voir le futur. »

---

2 — *Ibid.*, p. 29.

Le moment de surprise passé, cette anecdote m'est apparue comme révélatrice de la plasticité de la mythologie grecque. Chacun de ceux qui ont écrit sur les mythes antiques a donc bel et bien raconté ses mythes. Comme je l'ai fait en dotant ces trois vieilles nourrices de noms et de pouvoirs puissants, bien plus puissants encore que ceux que mes illustres prédécesseurs leur avaient accordés. Des noms et des pouvoirs qui leur sont désormais conférés de manière indéfectible.

2.
Au commencement le meurtre du père

Un trou béant. Un noir profond. Un vide dans lequel une matière innommée remue en silence. C'est le Chaos originel. C'est de là que tout est parti. De ce magma émerge Gaïa, la déesse Terre, la mère de l'univers. Elle surgit soudain, toute ruisselante de lumière, elle déchire l'obscur et elle offre un espace solide, stable, rassurant. Une partie de Gaïa plonge encore dans le Chaos, tandis qu'elle se dresse vers le haut. À partir de cet instant, tous les êtres vivants disposent d'un endroit où poser les pieds. C'est elle la première divinité de l'univers, la Terre-Mère.

Gaïa s'étire longuement et un autre dieu surgit. Voici Ouranos, le Ciel. Il s'allonge juste au-dessus d'elle et la légende dit qu'il la recouvre exactement comme un couvercle. Le Ciel au-dessus de la Terre. Mais pour qu'adviennent les splendeurs du monde, il fallait une alliance entre le Ciel et la Terre. Dans leur sagesse, les Grecs n'oublient jamais de mentionner l'arrivée d'Éros, le dieu de l'Amour, sans qui rien ne serait né. Alors Gaïa donne naissance aux montagnes et aux grottes, aux vallées et aux gorges. Puis elle s'endort. Ouranos fait ensuite ruisseler une petite pluie fine sur ce qu'elle a créé, et cette ondée fertile se faufile dans toutes les fentes secrètes de la Terre. L'eau fait pousser les arbres, les plantes et les fleurs, elle remplit les lacs, les mers et les rivières. Cette planète qui vient d'éclore regorge de beautés naturelles et de paysages sauvages.

Au tout début, le féminin

Dans de nombreux mythes de la Création, tout commence ainsi par une nature florissante. Qui n'a pas en tête la luxuriance du jardin d'Éden ? Cependant, dans la plupart des religions, qu'elles soient monothéistes ou polythéistes, un dieu est présent pour mettre de l'ordre dans le désordre primitif et pour concevoir la Terre. Étonnamment, rien de tel chez les Grecs. Ici, aucune intervention extérieure pour qu'advienne le monde, mais une entité féminine qui émerge spontanément du néant la première et met en route l'univers. Au commencement était donc le féminin…

Quelle image avais-je de Gaïa ? Sans doute celle d'une déesse douce, bienveillante, à la rêverie bucolique et au charme tiède et enveloppant. Il faut dire que le nom de cette déesse primitive est très à la mode aujourd'hui. Gaïa est revendiquée depuis les années 1960 par des mouvements *New Age* et incarne une vision écologique de la Terre nourricière, bienveillante, bonne, généreuse, qu'il convient de préserver. Face aux catastrophes écologiques et climatiques en cours, il était naturel que Gaïa devienne l'emblème du combat pour sauver la planète. Au point de voir ce prénom de plus en plus fréquemment attribué à un nouveau-né. Je suis toujours attendrie de croiser une petite Gaïa qui souhaite obtenir une dédicace sur l'un de ses livres, car les Gaïa commencent à peupler les écoles françaises. On les rêve tendres, calmes, paisibles, aimant la nature et les animaux. Pausania, la nourrice des dieux, sourirait de cette vision romantique. Elle qui connaît le passé sait bien ce que Gaïa a dû traverser et de quoi elle est capable.

Car après le premier accouplement de l'histoire de l'humanité, très vite les choses se gâtent entre Ouranos et Gaïa. La belle harmonie primitive a disparu. La déesse Terre étouffe. Elle est prisonnière de ce couvercle qui l'entrave. Pire encore, il n'existe aucun espace entre elle et lui, aucune possibilité pour que les enfants qu'ils conçoivent ensemble voient le jour. Bientôt, douze enfants – les Titans – attendent dans son ventre que leur père les laisse naître. Gaïa essaie de convaincre Ouranos de les laisser sortir, rien n'y fait. Elle a déjà tout compris. D'instinct, elle sait que le dieu du Ciel redoute d'être détrôné par sa progéniture. Alors elle le menace : « Ils se vengeront, Ouranos ! Tu n'empêcheras pas éternellement mes enfants de voir le soleil ! »

Du fond de ses entrailles, Gaïa tente de persuader ses enfants de se révolter contre la domination de leur père. Seul son dernier-né, Cronos, se laisse convaincre. Et voici que le premier crime du monde a lieu. Car Cronos, d'un violent coup de faucille, celle que sa mère lui donne, émascule son père. Il désunit ses parents et peut sortir à l'air libre. Enfin. Le voici émancipé. Il exulte et prend la place de son père. Mieux, il devient le maître du temps. Désormais, les heures, les jours, les années vont s'écouler. La marche du monde commence donc avec le courage et la révolte d'une femme contre le pouvoir abusif de son mari. Et c'est elle, Gaïa, la mère nourricière et toute-puissante, qui triomphe, puisque désormais le Ciel se fixe loin, à bonne distance au-dessus de la Terre. Au temps des commencements et de la création du monde, l'ordre des choses émane ainsi de cette autorité maternelle. Est-ce à dire que pour les Grecs anciens le chaos et le danger viendraient des pères ?

La marche du monde commence donc avec le courage et la révolte d’une femme contre le pouvoir abusif de son mari.

Le véritable visage de Gaïa

Un matin, dans une classe de CE1 de la région parisienne qui découvre chaque jour un épisode du feuilleton d'Hermès et vient d'assister bouche bée à la naissance du monde ainsi qu'au premier crime de l'univers. Le maître sollicite les enfants : quel est votre dieu préféré ? Quel est celui que vous détestez ? « Moi, j'aime pas Cronos ! » dit une petite fille. « Ah mais non, celui qui est méchant, c'est Ouranos ! » lui rétorque un garçon. La fillette ne renonce pas : « Cronos, il est trop méchant avec son papa. » Excédé, le garçon se lève de sa chaise et lui crie : « Tu aimerais qu'on t'empêche de naître, toi ?! »

Tout est dit. Une peur archaïque traverse soudain l'espace. Pour sortir des entrailles de sa mère, le père est-il un allié ou un ennemi ? Et si le père est un ennemi, la mère est-elle de son côté ou du mien ?

Dès le commencement, je démontai une image d'Épinal en découvrant le véritable visage de Gaïa. Si le nom de la Terre-Mère a traversé les siècles, c'est plus pour la généreuse fécondité des bienfaits de la nature qu'elle est censée prodiguer que pour avoir osé dresser ses enfants contre leur père et leur avoir permis de se libérer de son joug. Pourtant, dès l'origine, la déesse Terre est une maîtresse femme. C'est elle qui a tout conçu. Et même si elle ne pouvait pas le faire seule, sans la rencontre avec Ouranos, elle n'est pas prête à passer sous sa domination. Non, Gaïa n'est pas du genre à se laisser museler, immobiliser, bref, asservir. Mieux encore, elle est ce type de femmes qui veille sur ses rejetons comme une louve. Je ne peux m'empêcher de penser à celles qui, au fil des siècles et aujourd'hui encore, prennent la défense de leurs enfants face à un père trop autoritaire ou brutal. Une phrase prononcée par une psychanalyste au cours du procès d'une femme ayant tué son mari violent m'a marquée : « Les hommes tuent parce qu'ils refusent que leur conjointe leur échappe, alors que les femmes tuent pour échapper à leur conjoint. » A fortiori pour que leurs enfants échappent à leur conjoint. Gaïa va jusqu'à inciter au meurtre du père. Et fournir l'arme du crime. On est bien loin des fleurettes dans les cheveux à la *peace and love*. En réalité, Gaïa inaugure une génération de déesses âpres et courageuses qui ne vont pas s'en laisser conter.

3.
Quand Rhéa refuse les brutalités de son ogre de mari

Qui se souvient de la déesse Rhéa ? Ce nom-là ne génère aucun malentendu, il est tout bonnement oublié, enfoui dans la grouillante masse des dieux. Il s'agit encore d'une déesse primitive qui s'est trouvée, elle aussi, face à un mari violent prêt à faire disparaître sa progéniture pour ne pas céder sa place. Un époux terrorisé par les enfants qu'elle met au monde. Au point de les engloutir. Mais face à cet ogre, Rhéa va puiser en elle la force de résister.

Les berceaux vides

Cronos a détrôné son père. Il règne sans partage sur le monde. Mais toutes les nuits, dès que le soleil se couche, il reçoit une épouvantable visite.

Elles sont trois. Une odeur pestilentielle les précède. Dès qu'il sent leur parfum répugnant de pourriture,

Cronos sait qu'elles sont arrivées. Elles, ce sont les terribles Érinyes, les déesses de la Vengeance, celles qui hantent à jamais les nuits des parricides.

« Cronos ! Tu as commis le plus horrible des crimes ! Cronos, tu es maudit ! »

Leurs yeux sont injectés de sang, leurs têtes grouillent de vipères, mais Cronos ne les voit pas. Il ferme les yeux, il se bouche les oreilles. Le Titan ne veut plus les entendre. Pourtant elles sont là, et leurs voix sifflantes le harcèlent : « Cronos ! Ta faute est immense ! Tu seras toi aussi tué par ton propre enfant ! » Le roi du monde gémit, il voudrait pouvoir dormir, dormir. Les Érinyes ne lui laissent pas une minute de repos. À l'aube, elles ricanent : « À ce soir ! » Et disparaissent.

Lorsque Rhéa, sa femme, met au monde leur premier enfant, c'est une petite fille nommée Hestia. Cronos ne veut pas d'enfant. Il a bien entendu les mises en garde répétées des déesses de la Vengeance. Le Titan est mieux placé que quiconque pour savoir que le danger peut venir de sa propre famille. Il a peur, Cronos, terriblement peur de subir le même sort qu'il a infligé à son propre père. Alors, profitant du sommeil de Rhéa, il entre sur la pointe des pieds et avale tout rond le bébé. À son réveil, Rhéa ne trouve que le berceau vide. Les cris déchirants de la pauvre mère n'y changeront rien, l'enfant s'est volatilisé. Lorsque son deuxième bébé, une fillette nommée Déméter, disparaît à son tour, un léger soupçon l'effleure : Cronos est dans la chambre. Mais il jure n'avoir rien vu, rien entendu. Lorsqu'une troisième fille s'évapore elle aussi en présence de Cronos, ses doutes s'accentuent. « Héra ! Ma petite Héra ! Où es-tu passée ? » feint de chercher le père. Son attitude sonne faux.

Il faudra que naisse leur quatrième enfant, un garçon nommé Hadès, pour que Rhéa se rende à l'évidence. Cette fois Cronos ne se cache plus. Peut-être que le père abusif ne redoute plus la colère de son épouse ? Ou peut-être tout simplement que son avidité d'ogre paternel a enflé jusqu'à devenir irrépressible. Je ne peux m'empêcher de songer à ce terrifiant tableau de Goya peignant avec une crudité et un réalisme sanguinolents la dévoration d'un de ses enfants par Cronos. Toujours est-il qu'il réclame brutalement à Rhéa l'enfant et qu'il l'enfourne sous ses yeux horrifiés. Tuer son père pour exister, puis redouter que ses enfants en fassent de même, boucle infernale et meurtrière de la généalogie. Malgré les supplications et les sanglots de Rhéa, un cinquième bébé, nommé Poséidon, est engouffré par Cronos.

Zeus, le nouveau-né sauvé

Que peut faire une mère, lorsqu'elle découvre le martyre subi par ses enfants ? Rhéa cherche de l'aide. Elle se tourne vers sa propre mère, qui n'est autre que Gaïa. Car oui, il faut s'y habituer, l'inceste n'existe pas, dans les légendes de l'Antiquité. C'est donc bien son frère que Rhéa a épousé. Gaïa, la puissante déesse Terre, n'est pas décidée à laisser Cronos agir à sa guise : c'est elle qui souffle un stratagème à sa fille pour mettre en échec le père dévorateur.

La pièce est plongée dans la pénombre. Rhéa se repose. Elle vient d'accoucher de son sixième enfant, un petit garçon qui vagit doucement. Cronos fait irruption. Il a les yeux rougis par l'insomnie. Sa chevelure hirsute souligne un peu plus la brutalité de ses traits.

« Donne-le-moi tout de suite ! crie-t-il.

– Attends, répond Rhéa, laisse-moi le préparer ! »

Et la voilà qui s'active, tournant le dos à son mari, des langes à la main.

« Pas la peine de l'habiller ! gronde le père.

– J'en ai pour une minute ! » répond la mère.

Elle emmaillote ce que Cronos prend pour le bébé et le lui tend. Sans même le regarder, il engloutit l'enfant. Avant de quitter la pièce, il grogne :

« Il était drôlement dodu celui-ci, il s'appelait comment au fait ? »

Rhéa murmure :

« Il s'appelle Zeus… »

Mais Cronos est déjà loin. Alors Gaïa se glisse dans la chambre. Sa fille sort de sous sa tunique le bébé qu'elle avait subtilisé et le lui tend. L'enfant garde le silence, les yeux grands ouverts sur la nuit. Il ne voit pas le visage de sa mère et de sa grand-mère qui viennent de lui sauver la vie, il fixe les étoiles. Dans le ventre du père, une grosse pierre emmaillotée lui procure une digestion difficile.

La montagne est haute, presque sévère. Les sommets acérés se teintent des couleurs du levant. Aurore aux doigts de rose vient de se lever et se penche, attendrie, sur une scène pastorale bucolique. Un nouveau-né tète goulûment une chèvre qui porte une seule corne sur le front, ses menottes accrochées aux longs poils de l'animal. Trois nymphes les entourent. L'une vient de tresser un berceau en or. L'autre saisit délicatement le bébé et le glisse dans le berceau, que la troisième accroche aux branches d'un gros chêne, l'arbre emblématique de Rhéa.

Ainsi suspendu dans cette nacelle oscillant au souffle du vent, l'enfant gazouille. Les nymphes lui glissent entre les lèvres un peu de miel qu'elles ont récolté. Ici, en terre crétoise, l'enfant de Rhéa est à l'abri. Encore faut-il que son père ne le repère pas. Car Cronos, se doutant de la supercherie, est parti à sa recherche, jurant de le retrouver, qu'il soit sur terre, sur mer ou au ciel.

Or voilà l'enfant qui se met à pleurer. Ses cris sont si puissants qu'ils font fuir Aurore.

« Méfiez-vous, les nymphes, il va ameuter tout l'univers, ce garçon ! » s'exclame la déesse de l'Aube avant de s'éloigner.

Que faire ? Les nymphes décident de faire appel aux esprits protecteurs de la montagne. Les voilà qui surgissent en frappant leurs boucliers en bronze avec leurs lances et en poussant des cris sauvages. Quel vacarme assourdissant, qui couvre même les vagissements du bébé ! C'était bien ce qu'espéraient les nymphes. Ainsi, le petit Zeus peut rester tranquillement à l'abri de la voracité de son père, caché dans ces montagnes de Crète.

La chèvre nourricière se nommait Amalthée. Zeus fut nourri par son pis au lait généreux, par sa corne d'où coulaient le nectar et l'ambroisie, cette nourriture réservée aux seuls dieux qui les rend immortels, et par le bon miel des abeilles de la montagne. Devenu un homme, il grandit parmi les bergers du mont Ida. Jusqu'au jour où une femme lui révèle le secret de sa naissance. Cette femme, c'est la nymphe Métis, nous en reparlerons. C'est elle le premier amour de Zeus, elle qui incarne l'intelligence, qui lui conseille de retourner vers sa mère chercher de l'aide pour se faire justice.

La revanche d'une mère

Rhéa n'attendait que cela, la revanche. Sa revanche. Elle conseille à son fils retrouvé de se faire engager au service de Cronos comme échanson. Voici donc Zeus préposé à servir à boire au dieu Cronos. Sa mère lui a glissé dans la main un breuvage mystérieux qu'elle lui adjure de faire avaler à son mari. Il s'exécute, mêlant le liquide amer à du miel pour en masquer le goût. Cronos grimace en portant cette coupe à ses lèvres mais l'avale d'un trait tant sa soif est aussi intarissable que sa faim. S'agit-il d'un empoisonnement ? Zeus va-t-il à son tour devenir un parricide sous l'instigation maternelle ? Non, cet élixir n'a que des vertus vomitives.

Et voilà que Cronos régurgite ses crimes un à un. Il vomit la grosse pierre emmaillotée de langes en premier, puis recrache les cinq bébés qu'il avait dévorés. Entretemps, les frères et sœurs aînés de Zeus ont grandi. C'est en adultes qu'ils surgissent du ventre de leur père. Et pour remercier leur benjamin de les avoir libérés, ils se rangent derrière lui, le désignant comme leur chef.

Un Olympe paritaire, miroir des humains

Une terrible guerre des dieux s'ensuivra. Un de ces combats que l'on aime raconter au fil des siècles, où les forces archaïques, engagées du côté de Cronos, avec notamment ses alliés les Titans, affrontent les forces du progrès, soutenant Zeus. Lui a choisi, habilement, de faire sortir du ventre de la Terre les géants aux cent bras et les cyclopes pour s'en faire des alliés. Les premiers campent au sommet d'une montagne nommée l'Olympe et bombardent d'énormes blocs de rochers les troupes ennemies. Pendant ce temps, les seconds activent leurs forges dans le ventre d'autres montagnes pour fabriquer des armes aux enfants de Rhéa. Hadès hérite d'un casque qui le rend invisible lorsqu'il l'enfile. Poséidon repart avec un trident aux pointes acérées. Quant à Zeus, les Cyclopes lui font le don le plus redoutable, un don unique : à lui, le chef, échoit le foudre. J'aime que le phénomène météorologique soit féminin, tandis que l'arme, traditionnellement représentée comme un bouquet de trois éclairs, soit masculine. Le foudre donc, l'arme suprême du dieu des dieux.

Ainsi armés et soudés, Zeus et sa fratrie engagent la grande bataille des dieux. Tonnerres, éclairs et choc des Titans, ce combat spectaculaire reste bien présent dans l'imaginaire collectif. D'autant que les jeux vidéo et autres *games* d'aujourd'hui ne se font pas prier pour emprunter

Mon rêve ? Que chaque femme qui tremble devant un homme, chaque mère qui redoute la brutalité du père de ses enfants, chaque épouse qui encaisse le despotisme d'un mari, se mette sous la protection de Rhéa.

à la mythologie grecque cet épisode plein de fureur et de violence. À la fin, c'est l'échec des forces obscures, archaïques, rangées derrière Cronos. Zeus et sa bande gagnent la partie. L'Olympe se peuple, à parité : six dieux et six déesses.

Leurs noms ne nous sont pas inconnus, mais qui sont-ils vraiment ? Et surtout, que représentent-ils, dans ce monde d'il y a trois mille ans ? Les Grecs leur ont attribué à chacun des rôles bien définis, cependant leur fonction est ailleurs. Ils incarnent toute la palette des sentiments et des émotions propres à la nature humaine. Ils sont là pour tendre ce miroir aux humains. Au fil des histoires qui courent sur leur compte, on découvre des dieux terriblement humains, avec les faiblesses, les lâchetés, les tromperies, les jalousies qu'on attribue aux hommes. Et surtout une réelle complexité. L'idéal de la culture grecque n'est ni la sainteté ni la perfection. L'homme grec idéal est celui qui a gagné la juste mesure, l'équilibre et l'harmonie entre toutes ses pulsions.

Rhéa ne fait pas partie des Olympiens. Sans elle, rien ne se serait passé. On lui doit tout. Sans sa capacité à inventer, sans son courage pour résister à la force brutale de son époux, le monde serait encore plongé dans l'ère primitive et barbare : celle où les pères dévorent leurs enfants. Mon rêve ? Que chaque femme qui tremble aujourd'hui devant un homme, chaque mère qui redoute les accès de brutalité du père de ses enfants, chaque épouse qui doit encaisser accès de colère, virulence et despotisme d'un mari se mette sous la protection de Rhéa. Que la grande déesse primitive les inspire et leur montre le chemin de la libération. Même quand on partage la vie et le lit d'un Cronos, il y a toujours un moment où on peut donner un coup de pouce au destin, et sortir tête haute des griffes du monstre.

4.
Les déesses « secondaires » clés de voûte de notre quotidien

Après leur triomphe sur leur père, les trois mâles se répartissent le monde. À Poséidon les fleuves et les océans, à Hadès les Enfers à Zeus… tout le reste. Cette étape de la guerre des dieux m'agaçait au plus haut point car les filles, elles, se partagent les miettes. Héra épouse son frère et devient la déesse du Mariage. Déméter récupère les cultures et les moissons. Quant à Hestia, la tenue du foyer lui incombe. Toutes fonctions que je jugeais subalternes.

J'avais bien tort. J'allais découvrir qu'il ne s'agissait nullement de strapontins.

Hestia, une super-intendante, maillon essentiel de l'Olympe

Le palais de l'Olympe est vaste. Il n'est guère difficile de se représenter ce luxueux palais royal de l'Antiquité : d'innombrables pièces, patios, vestibules à colonnades, décorés de mosaïques, fresques et fontaines, aux murs recouverts de pierres et de métaux précieux. De quoi loger les dieux mais aussi les très nombreux visiteurs venus participer aux fêtes et leurs serviteurs. Les banquets succèdent aux banquets, à un rythme soutenu. Va-et-vient permanent de plats, de boissons, de musiciens, de danseuses, jusqu'au vertige. Pour que rien ne manque au plaisir de tous et de chacun, Hestia est là. Sa tâche principale consiste à veiller au bon fonctionnement du palais. Elle règne en maître sur les cuisines, les serviteurs, les réserves qui s'entreposent dans les caves du palais. Elle inspecte les celliers, humant l'odeur piquante de l'huile d'olive, la douceur florale du miel, les effluves enivrants du vin, les senteurs fauves des épices pour s'assurer de la qualité des produits. Elle passe commande des plats, ordonne le ballet incessant du service, s'occupe d'alimenter le feu. Elle est la reine des abeilles de cette ruche bourdonnante où chacun s'active pour satisfaire le moindre caprice des dieux.

En réalité, Hestia incarne le pouvoir féminin de l'Antiquité. Car les épouses de nobles grecs sont avant tout de super-cheffes d'entreprise. On a surtout retenu leur exclusion de la sphère publique politique, notamment leur bannissement du droit de vote, occultant ainsi que deux domaines fondamentaux de la société leur étaient entièrement dévolus: la sphère domestique et l'agriculture. Dans les maisons, les femmes tiennent la comptabilité et sont à la tête d'une armée de personnel. Leurs demeures, même modestes palais, font vivre des dizaines de personnes, parfois des centaines, accueillent un flot de visiteurs à leur table, en hébergent tout autant sous leur toit. Il leur faut faire entrer huile, vin, blé et toute nourriture à foison pour que personne ne manque de rien. Ce sont de super-intendantes. Hestia est le prototype parfait de ces femmes gestionnaires qui s'accomplissent aux commandes de la maison et s'enorgueillissent que tout roule. Cette sœur aînée de Zeus, qui vit dans l'ombre, est un maillon essentiel de l'Olympe.

Lorsqu'Artémis se rend pour la première fois sur l'Olympe, elle est frappée par le plaisir d'Hestia à jouer la gouvernante. « En la voyant tremper son doigt dans un plat pour le goûter, encourager l'un, féliciter ou gronder l'autre, Artémis comprit qu'Hestia aimait ces tâches dont elle avait la responsabilité. Comme si elle devinait ses pensées, Hestia lui dit: "J'ai choisi de n'avoir ni mari ni enfants, comme toi, n'est-ce pas...?" Artémis hocha la tête. “Toi tu as choisi la nature, moi j’ai choisi la maison et ça me plaît de veiller au bien-être de tous, visiteurs compris. Et puis au moins, je n’ai pas à supporter les querelles de tous ces dieux qui ne cessent de se jalouser et de se disputer. Moi, personne n’envie ma place”[1] ! »

La réhabilitation de la femme au foyer, me direz-vous avec un sourire narquois. Oui, peut-être, et alors ? Certaines femmes s’épanouissent sincèrement en veillant au confort de tous et de chacun. En faisant de la place à Hestia dans mes histoires, je pensais aux enfants dont la mère reste à la maison et qui n’ont jamais l’occasion d’être fiers d’elle. Pour une fois, un personnage tendait un miroir valorisant aux tâches maternelles. La présence d’Hestia parmi les dieux de l’Olympe nous fait comprendre que la féminité ne se résume pas à un seul et unique modèle. Elle ne se construit ni en rivalité ni en opposition avec les hommes, mais plutôt dans le courage d’assumer ses choix. Oui enfin, parce qu’Hestia est une femme puissante : sans elle, rien ne tournerait rond sur l’Olympe. Et qu’elle a choisi sa fonction.

---

1 — Le Feuilleton d’Artémis, Bayard Éditions, 2019, p. 94.

La présence
d'Hestia parmi
les dieux de l'Olympe
nous fait comprendre
que la féminité
ne se résume
pas à un seul
et unique modèle.

Déméter veille au grain, veille au pain

Sa sœur, Déméter, ne me semblait pas non plus très bien lotie. Qui rêverait de s'occuper des moissons, quand d'autres règnent sur le vaste océan ou sur le peuple des morts ? Aussi douce et généreuse qu'Hestia, tout aussi besogneuse qu'elle, Déméter travaille sans relâche. Il lui faut accompagner les paysans qui tracent leurs sillons dans la terre rude, veiller aux semailles en évitant que des nuées d'oiseaux ne dévorent les graines, surveiller l'irrigation, en intervenant au besoin pour qu'une pluie fertile arrive à point nommé. Lorsque les céréales et autres plantes ont enfin poussé, Déméter les préserve des maladies, des accidents climatiques, de l'appétit des rongeurs, jusqu'à ce que le temps de la récolte arrive. C'est là que la déesse déploie tout son savoir-faire. Faucille à la main, il faut couper les blés ou l'orge, puis le battre, puis le vanner, avant de donner la paille aux animaux et d'aller moudre les grains pour obtenir la précieuse farine.

La récompense de ce labeur se nomme le pain. Or, dans l'Antiquité grecque, non seulement l'agriculture est au cœur de la vie, mais le pain est marqueur d'humanité. Dans l'*Odyssée*, lorsqu'Ulysse rencontre le cyclope Polyphème, il s'inquiète de sa monstruosité car celui-ci « ne ressemblait pas à un mangeur de pain ». Débarquant sur l'île mystérieuse de Circé, Ulysse n'aperçoit ni labourages ni jardins, et envoie ses compagnons en éclaireurs pour découvrir « quels mangeurs de pains vivaient là ». Veiller à ce que les hommes puissent fabriquer leur pain, c'est en réalité veiller sur leur humanité, bien au-delà de leur survie alimentaire. À cette époque, les secrets de l'agriculture sont aux mains des femmes. C'est donc bien d'elles, doublement, que dépend la vie.

On a gardé la trace d'innombrables cultes à Déméter, déesse de la Fertilité et de l'Abondance. On la retrouve surtout au cœur d'un rituel célèbre, les mystères d'Éleusis. De quoi s'agit-il ? De commémorer le moment où les saisons sont nées. De se souvenir d'un des mythes les plus connus, dont le personnage principal est Déméter. Un mythe qui n'a pas fini de livrer ses mystères et dont les multiples échos résonnent fort dans notre XXIe siècle.

Perséphone, la proie

Un immense champ de blé vert moucheté de rouge. Perséphone pousse un cri de joie lorsqu'elle aperçoit la multitude de coquelicots ondulant sous la brise. Elle lâche d'un coup le bouquet d'orchidées sauvages et de jonquilles qu'elle avait cueilli pour se ruer sur les fleurs à la jupe vermillon.

« C'est maman qui sera contente si je lui en rapporte ! s'exclame la jeune déesse. Elle les adore, elle me conseille même d'en manger les petites graines noires du cœur ! »

Les servantes qui l'accompagnent échangent un sourire complice. Elles savent que si Déméter veut faire avaler des graines de coquelicot à sa fille, c'est surtout pour leur vertu calmante, voire soporifique. Car Perséphone ne tient pas en place, au grand désespoir de la déesse des Moissons, qui ne peut pas accomplir son travail tout en la surveillant de près. Élever une jeune fille seule n'est pas une sinécure, même pour une déesse. Même si le père en est Zeus en personne.

Perséphone arbore des rondeurs dorées semblables à celles de sa mère. Sur son visage, la fraîcheur naïve de l'adolescence le dispute à une sensualité précoce qui gonfle ses lèvres et les empourpre. Ses formes sont déjà pleines, bientôt ses cheveux devront être tressés pour ne plus gambader sur ses épaules en liberté. Cette jeune beauté ne passe pas inaperçue. Elle attise la convoitise. Attirée par le vol gracieux d'un papillon qui passe de fleur en fleur, Perséphone s'éloigne de plus en plus de ses accompagnatrices. Elle a les bras chargés de coquelicots qu'elle tient délicatement pour ne pas les froisser. Ils sont si fragiles.

« Encore un et puis je rentre », se dit-elle.

La jeune fille se penche pour cueillir une dernière fleur, quand soudain le sol s'ouvre sous ses pieds. Une faille énorme qui s'élargit, s'élargit. Étrangement, Perséphone n'a pas peur. La curiosité est plus forte. Elle s'approche de la crevasse et tente de scruter les profondeurs. Ses compagnes, qui bavardent au loin, n'ont rien vu. C'est alors que surgit un char tiré par deux chevaux noirs. Le conducteur du char saisit brutalement Perséphone par la taille. La jeune déesse pousse un cri, tente de lui échapper, mais la poigne est solide. Elle hurle, se débat. Son agresseur ne relâche pas sa prise et l'attire à lui. Alertées par les appels au secours, les servantes accourent. Trop tard ! Elles ont juste le temps d'apercevoir la tache blanche de la tunique de Perséphone flottant comme un drapeau s'enfoncer dans les entrailles de la Terre. Elles n'ont pas vu le visage du ravisseur. La faille se referme. Seuls quelques coquelicots déjà fanés gisent sur le sol.

Du champ de blé où elle travaille, Déméter a entendu le cri de détresse poussé par sa fille. La déesse se précipite et s'effondre lorsqu'elle découvre le rapt. À partir de cet instant, neuf jours et neuf nuits durant, la mère éplorée parcourt le monde à la recherche de son enfant. En vain. Perséphone semble s'être volatilisée. Comme Vanessa, 14 ans, Lola, 12 ans, ou bien encore Estelle, 9 ans, ces prénoms de fillettes martyres, rendus tristement célèbres par le fait que leur chemin a croisé celui d'un monstrueux détraqué. La liste des disparitions inquiétantes d'adolescentes n'est jamais close. Le cauchemar de Perséphone fait écho aux peurs archaïques bien réelles tapies au fond de chaque parent jusqu'à nos jours. Terreur que nos filles deviennent des proies.

Qui a enlevé l'enfant chéri de Déméter? Tout simplement son propre frère, Hadès, le dieu des Enfers. Il retient sa nièce en son palais souterrain, dans les profondeurs du Tartare, où personne ne peut la retrouver. Mais Déméter n'a pas dit son dernier mot. Puisque Zeus s'est mis aux abonnés absents, elle sollicite l'aide d'Hélios, le dieu du Soleil. L'enlèvement s'est passé en plein jour, alors que l'astre brillait de tous ses feux, il a donc forcément tout vu. Apitoyé par la douleur de la mère, révolté par l'agression commise, Hélios dénonce Hadès. La déesse des Moissons est au désespoir. L'idée que sa fille ne voie plus jamais le jour la révulse, et tout autant le fait que l'adolescente soit forcée de partager le lit de son vieil oncle. Mais plus encore, elle souffre du manque de son enfant. Cette perte la dévaste. Elle ne mange plus, ne dort plus, elle maigrit, dépérit. Et ne travaille plus.

Peu à peu, les fruits se racornissent aux branches des arbres, les céréales pourrissent ou sèchent sur pied, les plantes s'étiolent, les fleurs meurent, entraînant la disparition des abeilles et de tous les insectes. Sur la terre craquelée, les socs de charrue se tordent sans creuser le moindre sillon. Bientôt les animaux domestiques n'ont plus rien à manger et meurent à leur tour. Plus de fourrage ni d'herbe pour les bêtes, plus de pain, de lait, de viande, ni de miel pour les humains. Les hommes sont désemparés et meurent de faim. Avec cette première grève de l'Histoire, voilà l'espèce humaine qui est menacée. C'est dire en réalité le pouvoir énorme dont dispose la déesse des Moissons.

Zeus, le dieu des dieux, ne brille jamais par son courage. Il redoute de devoir affronter Hadès, ne voyant pas d'un si mauvais œil sa concupiscence envers Perséphone. Après tout, lui aussi jette fréquemment son dévolu sur de jeunes filles en fleurs. Aussi, lorsque, contraint à sortir du bois pour éviter la fin de l'humanité, il interroge son frère à propos de cet enlèvement, celui-ci a beau jeu de se défendre.

« Tu ne manques pas d'air, mon frère ! Tu es bien mal placé pour me reprocher d'avoir enlevé cette petite, combien en as-tu toi-même abusées ?

– Ce n'est pas le sujet, grogne Zeus, mal à l'aise. Et puis d'abord, moi je les séduis, parce que je tombe amoureux, voilà !

– Ha, ha, on aura tout entendu, ricane Hadès. Tu les séduis en te faisant passer pour un cygne, un taureau blanc ou même parfois leur mari, ou leur meilleure amie, tu parles d'une séduction ! Moi j'appelle ça du viol. Et d'ailleurs, moi aussi je suis amoureux de Perséphone.

– Il suffit, maintenant ! C'est moi qui commande, et je dois remettre Déméter au boulot. Je suis responsable du sort des humains. Alors je te prie de lui rendre immédiatement sa fille. Point à la ligne. »

Cette fois, le dieu des Enfers n'a plus le choix, il doit obéir et relâcher sa captive. Déméter a réussi à faire plier Zeus et Hadès, des Olympiens réputés bien plus puissants qu'elle. Reste un dernier détail...

Depuis que Perséphone vit aux Enfers, elle n'a cessé de pleurer et n'a rien pu avaler. C'est du moins ce qu'elle dit à Hermès, messager de son père, qui vient la chercher pour la ramener à la lumière du jour.

« Ça tombe bien, s'exclame le dieu ailé, parce que si tu avais goûté à la moindre nourriture du royaume des morts, tu ne pourrais plus jamais revoir le soleil. Allez, suis-moi, je te raccompagne chez ta mère. »

Hermès ne remarque pas le fugitif éclair qui traverse le regard de sa demi-sœur. Tout en bondissant joyeusement du trône où elle se morfond, Perséphone attrape au passage une grenade posée à ses côtés sur une coupe et croque dans le fruit.

« Crache ça ! hurle Hermès. Tu es sourde ou quoi ? Je viens de te dire que tu serais condamnée à rester sous terre si tu avalais quoi que ce soit ayant poussé ici ! »

La jeune fille recrache aussitôt docilement les pépins de grenade, non sans en avoir avalé trois. Hadès sort alors de l'ombre et, en lui jetant un regard indéfinissable, il dit :

Déméter a réussi
à faire plier
Zeus et Hadès,
des Olympiens
réputés bien plus
puissants qu'elle.

« Ma chère femme, te voici désormais obligée de revenir vivre à mes côtés trois mois par an, puisque tu as mangé trois pépins… Va, maintenant, et reviens-moi vite. »

La joie de Déméter de revoir sa fille est indescriptible. Elle reprend sa mission avec ardeur, et la fertilité de la terre renaît. Lorsqu'arrive le temps où sa fille doit retourner sous terre rejoindre son époux, Déméter cesse de travailler. La terre se repose ainsi pendant trois mois. Quand la jeune fille refait surface, c'est de nouveau l'explosion de la nature. Neuf mois à l'air libre, tout pousse, tout grandit, tout fleurit. Trois mois sous la terre, la nature se fige, c'est l'hiver.

Les saisons, le rapt et #MeToo

Ce joli mythe explique donc la ronde des saisons. Et c'est bien ainsi que je l'ai raconté la première fois. Mais j'ai tenu à souligner au passage qu'Hadès était suffisamment amoureux pour ne pas supporter de laisser Perséphone baigner dans la tristesse : « Ma belle amie, sachez que, si vous aviez été heureuse auprès de moi, je n'aurais pas écouté un mot de la demande de Zeus. Mais je vous aime trop pour supporter plus longtemps votre chagrin. Retournez donc chez votre mère, puisqu'il le faut[2]. » Ce

2 — *Le Feuilleton d'Hermès, op. cit.*, p. 155.

qui fit murmurer Hermès à l'oreille de la jeune fille : « Tu verras, tu seras bien contente de t'éloigner un peu de ta mère pour quelque temps. Et puis Hadès a quand même été un amoureux très prévenant avec toi... » Certes, il l'avait enlevée contre son gré, il l'avait même forcée, et je ne l'oubliais pas, mais il était aussi capable d'amour et donc de vouloir le bien de son épouse.

Quinze ans plus tard, et après le succès de la vague des #MeToo, certaines jeunes institutrices sont choquées et me reprochent d'avoir montré de l'indulgence envers le prédateur sexuel. Loin de moi l'idée de l'excuser, pas plus que de cautionner le rapt ou le viol ! J'ai seulement cherché à appliquer les principes mêmes des mythes grecs : la complexité des sentiments. Car ce qui me fascine, chez les personnages de la mythologie grecque, c'est justement qu'ils nous interdisent une vision simplifiée de l'âme humaine. Avec eux, les stéréotypes manichéens et la dichotomie entre le bien et le mal ne résistent pas. On peine bien souvent à admettre la cruauté d'un dieu ou d'une déesse dont on vient de découvrir par ailleurs la sensibilité ou la gentillesse. Car ils sont tout cela à la fois. Et lorsqu'on croit tenir un fil, décrypter un trait de caractère, analyser un comportement, cela nous échappe aussitôt. Ainsi, par exemple, pourquoi Gaïa, après avoir deux fois de suite mis en échec un père abusif, va-t-elle se ranger du côté d'un troisième père, menacé lui aussi d'être détrôné par son fils, en l'occurrence son petit-fils Zeus ? On se perd dans les méandres de la psyché, incapables de trancher sur les motivations profondes qui guident leurs actes. Quel bonheur que cette palette de nuances et de contradictions ! Dans un monde devenu si binaire, les grands personnages mythologiques nous rappellent que nous sommes faits de mille réalités enchevêtrées. J'aime ce millefeuille de l'âme.

Je n'ai jamais regretté d'avoir raconté le mythe de Déméter en laissant à Hadès sa part sombre et sa part lumineuse. En revanche, les années passant, à l'écoute de mes jeunes lectrices, de leurs petits sourires en coin à l'évocation de la déesse des Moissons poussant les hauts cris, j'ai compris que Perséphone n'était pas aussi innocente que cela lorsqu'elle avala les trois grains de grenades. Car au fond, quelle autre manière avait-elle d'échapper à l'emprise de sa propre mère ? Si elle ne souhaitait pas partager la vie du dieu des Enfers contre son gré, elle ne cherchait pas non plus à redevenir la petite fille soumise à sa maman… Là où je n'avais vu que la douleur déchirante d'une mère, mes petites lectrices lisaient aussi la possessivité maternelle dévorante.

Aussi ai-je offert à Perséphone une deuxième chance, celle de la nuance. Dans *Le Feuilleton d'Artémis,* lorsque la déesse de la Chasse rencontre sa cousine et demi-sœur aux Enfers, voici ce qu'elles se disent :

« Je comprends que tu pleures d'être enfermée dans ce palais-caverne...

– Tu n'y es pas du tout ! s'exclame Perséphone. Depuis que je suis mariée avec Hadès, nous nous sommes toujours bien entendus. Il m'aime suffisamment pour me rendre ma liberté neuf mois par an. Nous ne vivons pas toujours ensemble mais tout va bien. Et puis entre nous, cela me fait du bien aussi d'être un peu loin de ma mère[3] ! »

Ainsi la fille de Déméter avait-elle croqué volontairement les trois pépins de grenade. Une manière comme une autre de conquérir sa liberté.

Nous n'en sommes qu'au début et, déjà, le féminin prend d'emblée le pouvoir.

De quoi nous parlent les deux mythes de Création que je viens d'évoquer – celui de Gaïa s'interposant entre Ouranos et ses enfants, celui de Rhéa sauvant les siens de la voracité de Cronos –, si ce n'est de la dangerosité des pères ? Et du conflit entre patriarcat et matriarcat. De fait, la chaîne des générations, le mouvement de la vie ne passe que par les femmes. Dans les deux cas, les

3 — *Le Feuilleton d'Artémis, op. cit.*, p. 202.

femmes sont des mères qui prennent le parti de leurs enfants violentés. Ce ne sont pas des épouses soumises. Ce ne sont pas des mères indifférentes. Mais ce ne sont pas non plus des femmes mues par l'instinct maternel : cette construction imaginaire – qu'on évoque à tout bout de champ pour condamner le silence d'une mère face à l'inceste ou autres atrocités perpétrées sur ses enfants – n'existe pas encore. Pas plus qu'elles ne se plaignent de leur despote de conjoint. Ce qui anime leurs actes est la conscience que leurs enfants doivent voir le jour pour que la vie surgisse et pour que le monde des commencements sorte de son immobilité mortifère. Ces déesses archaïques signent clairement le fait que le féminin est du côté de la vie, et le masculin du côté de la mort.

Quant aux Olympiennes, les sœurs de Zeus, contrairement aux apparences et à leur relatif effacement, la charge qui leur échoit n'est pas comme je le croyais une fonction subalterne, bien au contraire. Garante du foyer et de la vie quotidienne pour Hestia, responsable de l'alimentation et de la survie des espèces vivantes sur la planète pour Déméter, ces déesses au nom effacé sont pourtant la clé de voûte de la civilisation.

5.
Métis la femme qui est en Zeus

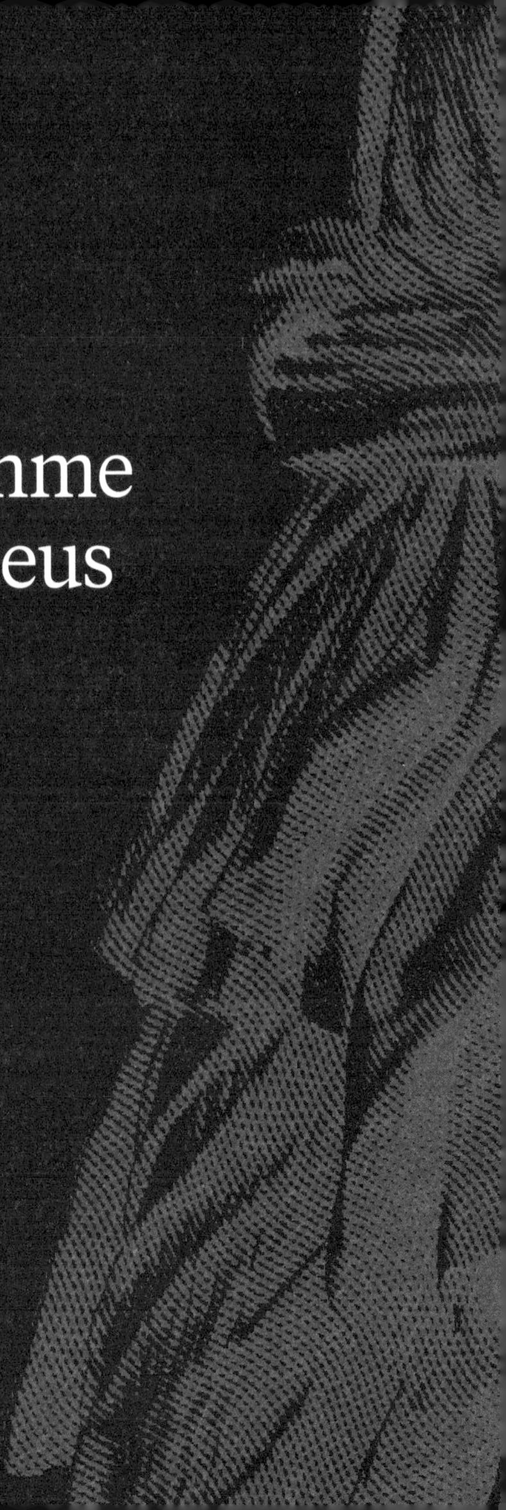

Hadès n'est pas le seul à se comporter en vautour avec les femmes. Zeus est, lui aussi, débordé par ses pulsions amoureuses. Coureur de jupons pour les uns, cœur d'artichaut pour les autres, ou bien encore mâle dominant à ranger dans la catégorie des prédateurs sexuels, sans doute le dieu des dieux est-il tout cela à la fois. Il incarne de toute évidence l'emprise masculine et mériterait mille fois le #MeToo, si ses nombreuses victimes ou conquêtes se mettaient à parler. Au point que, là encore, certaines jeunes institutrices répugnent désormais à raconter les mythes grecs aux enfants, commettant involontairement une double erreur : celle de l'anachronisme et celle de l'incompréhension de la fonction des mythes.

Le mode de fonctionnement du mythe est un appel à l'imaginaire. Sans entrer dans des interprétations psychanalytiques, on voit bien que les histoires mythologiques nous parlent de nous et de notre inconscient. Tout mythe est un drame humain condensé, c'est pourquoi tout mythe peut si facilement servir de symbole aux drames humains actuels. Comme le dit Gaston Bachelard : « Tout mythe est une ligne de vie, une figure d'avenir, plutôt qu'une fable-fossile[1]. » On peut ainsi dramatiser sa propre histoire pour en faire un destin.

En revanche, les mythes ont ceci d'infiniment précieux qu'ils ne nous disent jamais quoi penser. Ils ne sont jamais moralisateurs. Cela n'est pas par hasard si les religions monothéistes qui les ont suivis les ont bannis. À l'inverse des fables ou des contes, les mythes ne mettent pas en garde contre tel ou tel comportement « mauvais » ou risqué, ils ne désignent pas un coupable. Mais ils induisent très fortement l'idée que si nous sommes libres de nos actes, nous devons en répondre devant une justice, celle des dieux ou celle des hommes. Et quand ceux qui ont un comportement abusif sont des dieux eux-mêmes, cela n'empêche nullement la réflexion. Que nous raconte ce récit à propos de l'âme humaine ? Que signifie-t-il ? Car chaque histoire, toute fabuleuse qu'elle soit, est propice

---

1 — Préface à *Le Symbolisme dans la mythologie grecque*, de Paul Diel, rééd. Payot, 1995.

au débat. Certes, Zeus se métamorphose en taureau pour séduire Europe, ou en cygne pour charmer Léda, mais que voulaient nous dire les Anciens ? Alerter les jeunes filles pour qu'elles ne se laissent pas abuser ? Ou bien les autoriser à succomber à leurs désirs ?

Métis, l'intelligence incarnée et… ingérée par un homme

Je puise une esquisse de réponse ou, tout du moins, une piste de réflexion intéressante en m'arrêtant sur les premiers émois et ébats du jeune Zeus.

Il n'est encore qu'un berger à peine pubère, élevé par des nymphes quelque part sur le mont Ida, en Crète. La journée, il garde ses chèvres et ses moutons qui broutent les herbes sèches au flanc de la haute montagne. Le soir, il rêve à sa vie future en observant les étoiles. Il ne sait rien de sa naissance. Jusqu'au jour où il croise une jeune femme d'une beauté somptueuse. Ses yeux bleu nuit le fascinent. Le jeune berger cherche à connaître le nom de la belle inconnue. Sans répondre, elle se transforme en papillon. Zeus court à sa poursuite. Le papillon devient mésange. Zeus court toujours. La mésange se change en lapin. Le garçon ne renonce pas. La voici devenue biche. Zeus, haletant, la talonne. Alors la biche redevient la jeune femme aux yeux de nuit.

Le dieu des dieux
a besoin
des précieux
conseils de Métis.
Non seulement
il ne peut pas
s'en passer,
mais il sait que
son pouvoir
en dépend.

« Je m'appelle Métis, dit-elle, et toi, berger, je te connais mieux que tu ne te connais toi-même. »

Et voilà Métis qui révèle à Zeus toute l'histoire de sa naissance et l'incite à se faire justice. C'est elle qui l'envoie chez Cronos. C'est elle aussi qui lui conseille de s'adresser à Rhéa afin d'obtenir la potion vomitive pour que Cronos recrache ses enfants. Car Métis est l'intelligence et la ruse incarnées, ses conseils valent de l'or. Toujours est-il que Zeus, émerveillé, vit son premier amour aux côtés d'une femme brillante, supérieurement intelligente et qui sait tout de lui.

Bientôt, Métis se retrouve enceinte. Zeus est toujours amoureux, seulement voilà, entre-temps il est devenu le maître du monde. Et c'est là que tout se gâte. Sa grand-mère, la déesse Terre Gaïa, le prévient : Métis attend une fille, mais si elle met au monde un garçon celui-ci le détrônera, comme Cronos a pris la place d'Ouranos et lui-même celle de Cronos. La chaîne des répétitions est donc en passe de se reproduire. Le dieu des dieux a peur. Il tremble devant le pouvoir de Métis. Elle porte la vie, mais elle peut lui apporter la défaite. La nymphe dort, étendue sur l'herbe, il la regarde, il observe son ventre rond, déjà son choix est fait.

Lorsque Métis ouvre ses grands yeux bleu nuit, elle sent que quelque chose ne va pas. Une lueur étrange brille dans le regard de Zeus. Mais parfois une femme amoureuse n'écoute pas ses intuitions et baisse la garde.

« Tu te souviens du jour de notre rencontre ? lui demande alors Zeus, tu t'étais métamorphosée en papillon, en oiseau, en lapin, en biche... »

Métis éclate de rire à ce souvenir.

« Est-ce que tu pourrais te transformer en lionne ? » poursuit Zeus.

Amusée, Métis obtempère aussitôt. La voici tout en rugissements et griffes dehors.

« Bravo, dit Zeus, et est-ce que tu pourrais aussi te transformer en goutte d'eau ?

– Rien de plus facile », rétorque la nymphe.

Aussitôt dit, aussitôt devenue une gouttelette. Et que fait Zeus ? Il l'avale immédiatement ! À partir de cet instant, le voici doublement rassuré. D'une part il conserve à jamais en lui la ruse et l'intelligence de Métis, d'autre part il ne risque plus qu'elle mette au monde un fils.

Étrange histoire, qui tend à prouver que la ruse et la sagesse sont des prérogatives masculines et souligne néanmoins la suprématie féminine d'une manière écrasante. Le dieu des dieux a besoin des précieux conseils de Métis. Non seulement il ne peut pas s'en passer, mais il sait que son pouvoir en dépend. C'est donc bien elle qui possède l'arme absolue, cette ruse et cette finesse que l'on nomme encore aujourd'hui la *métis*, en ayant recours au terme grec. Et voilà le maître du monde obligé – bel aveu de faiblesse – de recourir piteusement à une tromperie pour ingérer sa femme afin de garder son pouvoir.

Comme Gaïa et Rhéa, Métis est dotée d'une toute-puissance menaçante. De même, après avoir avalé Métis, Zeus se trouve pris de terrifiants maux de tête. Ces céphalées lui arrachent des hurlements de douleur. Au point qu'Hermès, paniqué, court chercher son frère Héphaïstos, le dieu des forgerons, et le somme de fendre en deux le crâne de leur père avec sa hache pour en faire sortir le mal ! De la fente ainsi créée surgit une femme tout armée : c'est Athéna, la déesse de la Sagesse et de la Guerre. Il s'agit bien sûr du bébé que portait Métis dans son ventre avant de disparaître dans celui de Zeus. À l'inverse de Cronos qui conservait ses enfants dans son ventre pour les empêcher de vivre, Zeus a utilisé le sien comme une matrice. On peut sourire en pensant que les hommes qui ont inventé ces légendes cherchaient peut-être là une manière un peu désespérée, et en tout cas vaine, d'échapper à la loi de l'espèce qui veut que seul le corps féminin puisse mettre au monde les bébés. Ce n'est pas pour rien qu'Athéna sera toujours la fille préférée de Zeus, puisqu'il a accouché d'elle, seul, par la tête.

Se passer des mères pour qu'adviennent les générations futures ? Ce motif revient dans l'histoire de la naissance de Dionysos, le dernier des Olympiens. Cette fois, ce n'est pas la faute de Zeus si un malheur arrive à l'une de ses maîtresses enceintes. Voici le dieu des dieux très épris de la jeune Sémélé, dont il partage régulièrement les nuits. Ce n'est pas du goût de son épouse légitime, Héra, qui monte un stratagème pour se débarrasser de sa rivale. Comme dans une pièce de Marivaux, la femme trompée se déguise et, se faisant passer pour une vieille femme, arrive à semer le doute chez Sémélé. Après tout, est-elle bien certaine d'avoir affaire à Zeus ? Son amant ne serait-il pas un imposteur ? Il n'y a qu'une manière de s'en assurer, suggère la vieille femme, demander à celui qui dort à ses côtés de se montrer dans toute sa gloire.

Héra n'ignore pas que voir Zeus environné de ses éclairs et de son foudre, c'est une mort assurée pour la jeune femme. Mais Sémélé, dans sa jeune naïveté, n'en sait rien. La voilà qui supplie Zeus de lui accorder une faveur. Le benêt promet, sans connaître la nature de ce vœu. Le piège se referme, il est obligé de tenir parole. À cet instant, on quitte l'univers de la comédie de mœurs et on entre dans le fantastique... Sémélé, aveuglée par son amant en majesté, se transforme en une torche incandescente. Zeus n'a que le temps de sauver le bébé qu'elle porte dans son ventre. Ne sachant qu'en faire, il ouvre sa cuisse, y glisse le fœtus à peine âgé de six mois et recoud sa cuisse.

Trois mois plus tard, un petit garçon joufflu et frisé en sortira, un enfant doté d'une incroyable joie de vivre et qui va devenir le dieu du Vin, des plaisirs mais aussi des excès. Son nom ? Dionysos, « celui qui est né deux fois ». Est-ce dû à son improbable naissance ? Dionysos sera aussi le dieu de la Folie et de la Démesure.

Ainsi Zeus se substitue-t-il par deux fois au rôle maternel. Pour autant, en dépit des pouvoirs de l'imaginaire et de la liberté débridée qu'offrent ces histoires fabuleuses, ni Athéna ni Dionysos n'ont été conçu sans l'utérus d'une femme. Malgré leurs multiples interprétations possibles, les mythes grecs mettent de l'ordre et du symbolique dans ce qui est constitutif de la condition humaine. Parce qu'ils supposent inévitablement un retour au réel, une explication du monde tel qu'il est. Il s'agit sans aucun doute de leur plus grande richesse.

Quant à Zeus, gageons que vous ne regarderez plus jamais ce barbu séducteur avec les mêmes yeux, maintenant que vous savez qu'il tient sa ruse et son intelligence grâce à la femme qui vit à l'intérieur de lui. Autrement dit, la part féminine de Zeus est celle qui gouverne le monde. Quoi de plus réjouissant ?

6.
Prométhée et Athéna le couple de résistants

Je le confesse, mon chouchou a toujours été Prométhée, le père du genre humain. C'est lui, le Titan aux longs cheveux, qui nous a façonnés. Il a pétri une boule de terre, il l'a lentement malaxée, en réfléchissant. Ensuite, il l'a doucement allongée. Sous ses doigts, un corps a pris forme : une tête ronde, deux bras, deux jambes. Il l'a redressé, avec d'infinies précautions, et puis il a tourné sa tête vers le haut. Ainsi Prométhée nous a-t-il créés à l'image des dieux, le regard vers le ciel. Comme un défi. Après, il nous a insufflé la vie, dotés de l'intelligence, et il nous a nommés : voici l'homme.

« Va ton chemin, mon fils, et reste toujours debout ! »

« Mon fils » ? Et pourquoi pas ma fille ? Peut-être a-t-il dit « mon enfant », en fait, car ce premier homme n'est pas sexué.

Prométhée, une figure paternelle positive

Ce que j'adore chez Prométhée, c'est d'abord son côté rebelle. Il est le seul à oser résister au pouvoir absolu d'un Zeus dictateur. Non seulement il offre aux hommes l'intelligence, ce qui est tout à fait interdit, puisque l'apanage des seuls dieux, mais il se permet de duper le maître de l'Olympe, au profit de ses chers humains.

Zeus, assis sur son trône, écoute Prométhée avec attention. Il n'aime pas beaucoup le géant aux cheveux longs qui lui fait face. Sa proximité avec sa fille chérie, Athéna, l'agace même carrément. Mais le Titan a été le seul de sa fratrie à se ranger de son côté au moment de la grande guerre des dieux, il se doit donc d'accueillir cet allié avec respect. Comme d'habitude, les autres dieux, assis en demi-cercle autour de lui, attendent qu'il s'exprime.

« Pourquoi nous as-tu réunis, Prométhée ? demande le dieu des dieux.

– J'ai une requête, ô grand Zeus, répond le Titan. Les hommes que j'ai créés ont besoin de nourriture. Pour cela, ils élèvent des troupeaux de vaches. Pour chaque vache abattue, ils souhaiteraient te faire une offrande. Choisis le morceau que tu préfères te réserver. »

Et d'un geste, Prométhée désigne deux tas de viande à ses pieds. Le premier arbore de manière peu ragoûtante l'estomac de l'animal. Le second exhibe une belle graisse blanche et savoureuse. Zeus est un gourmand. Il n'hésite pas une seconde, imaginant déjà le grésillement de la graisse fondant dans son assiette. Il désigne le second tas.

Prométhée a du mal à dissimuler un sourire. Il s'incline, récupère le tas qui sera désormais la part dévolue aux hommes, et quitte l'Olympe. Hestia fait signe aux serviteurs de venir récupérer les offrandes et de vite aller faire rôtir cette bonne viande. Mais, stupeur dans l'assistance : sous la graisse ne se trouvent que les os de l'animal ! Toute la savoureuse chair de la vache était dissimulée sous les viscères. Un gigantesque fou rire parcourt l'assistance : Zeus vient bel et bien de se faire duper !

Rouler le maître de l'Olympe, avouez que cela fait jubiler, non ? Prométhée n'a peur de rien, ni de personne. Voilà pour la première fois une vraie figure masculine et paternelle positive. Qui se soucie de sa progéniture au point de prendre des risques pour elle. Qui ne redoute pas qu'elle prenne sa place. Et qui va trouver une alliée indéfectible en la personne de la déesse Athéna. Ces deux-là forment le couple parental le plus solide de la mythologie grecque, et le plus moderne puisqu'ils n'ont pas eu d'enfants ensemble. Même si certaines versions du mythe de la création des hommes assurent que le Titan a créé l'homme à la demande d'Athéna et non pas à l'instigation de Zeus, il est communément acquis que la déesse de la Guerre et de la Sagesse est une déesse vierge.

Athéna, l'alliée, l'amante

Arrêtons-nous un instant sur cet aspect qui revient régulièrement sur le tapis : la virginité de grandes déesses comme Athéna ou Artémis. Pour les Grecs, le mot qui désigne les vierges est *parthénos*. Cependant, il n'existe aucune notion d'hymen dans cette expression. Tout juste désigne-t-il une catégorie de jeunes filles qui n'ont pas encore eu de relations sexuelles avec un homme, des femmes non mariées, donc qui n'ont pas les obligations des épouses. Celles qui décident par choix de rester vierges sont avant tout celles qui refusent de se soumettre à un mari. J'ignorais cette réalité, tout imprégnée que j'étais par des siècles de culture judéo-chrétienne dans laquelle la virginité joue un rôle central. Si j'avais compris qu'Athéna n'était pas la Vierge Marie, j'aurais poussé mon intuition plus avant. Il y a quinze ans, lorsque j'ai raconté la première fois l'histoire de Prométhée et d'Athéna, je les ai dépeints flirtant gentiment, mais je n'ai pas franchi le pas de les transformer en amants. Un gros regret. Car désormais j'en suis convaincue, Athéna avait bel et bien choisi le Titan pour partenaire. Ils ont en commun l'intelligence, la sagesse et un esprit de révolte contre l'oppression. Leurs cœurs battent à l'unisson, ils se comprennent sans discours. En voilà encore une, sous ses dehors de « fille à papa », qui bouscule les hiérarchies. Non seulement elle est complice de la mystification de son père par Prométhée, mais plus encore elle va enfreindre tous les interdits paternels pour lui.

Mystifié ! Il a bien été mystifié ! Zeus écume de colère. Et pour punir le Titan d'avoir osé une telle tromperie, il décide de retirer le feu à la race humaine, répandant la désolation sur la Terre. Les hommes ont froid, les hommes ont faim, les hommes ont peur du noir. La nuit, ils deviennent la proie des bêtes féroces, le jour ils ne peuvent plus cuire leur pain. Prométhée souffre de les voir souffrir. Leur disparition programmée lui est intolérable. Son empathie et son sens des responsabilités le conduisent à braver une deuxième fois l'autorité du maître de l'univers. Puisque le feu a été confisqué, il suffit d'aller le voler là où il se trouve, c'est-à-dire au cœur de l'Olympe...

Le Titan dispose dans la place d'une alliée sûre. Athéna est prête à tout pour l'aider. Une nuit, après s'être assurée que sa tante Hestia s'est bien assoupie devant le foyer, elle introduit Prométhée dans le palais. Les deux conspirateurs récupèrent des braises du feu divin, les glissent à l'intérieur d'une férule, une petite plante à la tige creuse, et repartent comme les voleurs qu'ils sont.

« Sois prudent, Prométhée !

– Ne t'inquiète pas, ma chère Athéna, je ne risque rien.

– Tu risques ta vie...

– Je dois sauver celle des hommes. »

En une nuit, Prométhée répand le feu sacré partout sur la Terre. Athéna, les larmes aux yeux, observe depuis l'Olympe ces lueurs rougeoyantes qui éclosent et repoussent les ténèbres. Ce coup de force assure la survie de l'humanité mais signe une victoire toute provisoire pour le Titan, car bien sûr Zeus n'a pas dit son dernier mot.

Avec l'épisode suivant de ce duel passionnant, j'ai définitivement rangé Prométhée dans la famille des grands héros qui disent « non ». Le Titan et le dieu des dieux ne jouaient pas à armes égales, mais le courage, ça, le géant aux cheveux longs en avait à revendre. Quant à Athéna, elle qui garde sa sérénité en toute circonstance, elle vient de montrer un sang-froid et une audace époustouflants.

C'est le fumet des viandes rôties émanant de la Terre qui tira Zeus de son sommeil ce matin-là. Se penchant du haut de l'Olympe, il découvrit des milliers de fumées filant droit vers le ciel, comme autant d'oriflammes de la provocation. Ce maudit Titan s'était introduit sous son toit

Sous ses dehors
de « fille à papa »,
Athéna bouscule
les hiérarchies
et enfreint tous
les interdits
paternels.

pour le piller ! Sa vengeance serait terrible et la punition, exemplaire.

Zeus commença par lui régler son compte en le faisant enchaîner, à moitié nu, sur un promontoire rocheux du mont Caucase. Il allait voir ce qu'il en coûte d'oser braver le maître suprême de l'Olympe ! Ainsi, chaque jour Zeus envoya son aigle royal lui déchiqueter les chairs pour lui dévorer le foie. Et comme, chaque jour, le foie repoussait, le lendemain cet atroce martyre recommençait. L'image du géant supplicié a beaucoup inspiré les artistes, lui conférant parfois une posture christique. Pour ma part, c'est la vision des résistants torturés par les nazis et autres victimes des fascistes du monde entier qui se superpose au calvaire de Prométhée. Chiliens tenants de l'*Unidad Popular* aux mains des sbires de Pinochet, Grecs progressistes opposés à la junte des colonels, Algériens du FLN cuisinés par la « gégène » de l'armée française, Syriens défenseurs de la révolution pacifique dans les geôles des tortionnaires au service de Bachar el-Assad, Iraniens martyrisés par les milices des mollahs... La liste est longue des torturés, femmes et hommes qui ont payé de leur sang leur opposition à un régime despotique. Le point commun entre le Titan et toutes les victimes de tortures est que leur tourment n'est pas seulement une punition. Il s'agit le plus souvent de leur arracher une parole, un renseignement, un nom.

En effet, si Zeus s'acharne sur Prométhée, ce n'est pas uniquement par représailles ; d'autant que, nous y reviendrons, il croit avoir inventé une vengeance bien plus cruelle pour les hommes. Non, ce que le dieu des dieux veut, c'est obtenir de Prométhée qu'il lui livre un nom : seul le Titan connaît celui de la femme à laquelle Zeus ne doit jamais s'unir. Celle susceptible de mettre au monde un enfant de Zeus qui pourrait lui ravir son trône. Nous y voilà ! Encore et toujours cette peur panique des pères que leurs fils les remplacent… Cette trouvaille, qui justifie doublement la mise à la torture de Prométhée, est une invention du dramaturge Eschyle dans l'une de ses tragédies. Qu'importe, je l'ai adoptée avec joie. D'autant que Prométhée ne lâche rien.

Je trahirai demain, pas aujourd'hui.
Aujourd'hui, arrachez-moi les ongles,
Je ne trahirai pas

écrivait la résistante juive allemande Marianne Cohn dans son unique et prémonitoire poème[1]. Prométhée aussi se tait. Et si les larmes ruissellent sur ses joues, il ne pleure pas sur son sort mais sur celui de ses chers humains, qui n'ont plus personne pour les protéger.

---

1 — *La Résistance et ses poètes*, de Pierre Seghers, Seghers, 1974.

7.
Merci Pandora

Lorsque le premier homme surgit des mains de Prométhée, il n'est pas sexué. Le mythe raconte que les choses tournent mal pour lui lorsque Zeus invente… la femme ! Ah, il semble s'en être donné à cœur joie, Hésiode, le poète grec qui détailla par deux fois le mythe de la création de la femme. Si Homère, son contemporain, ne daigna pas l'évoquer, ni dans l'*Iliade* ni dans l'*Odyssée*, Hésiode lui accorda une belle place aussi bien dans sa *Théogonie* que dans son autre ouvrage qui nous est parvenu, *Les Travaux et les Jours*. Que nous rapporte le poète ? Que Zeus, ruminant sa colère contre Prométhée, demanda aux dieux de fabriquer un piège, un appât, un poison pour se venger sur les humains de l'offense qui lui a été faite, et que ce traquenard, c'est la première femme… Il commande à Héphaïstos de la modeler dans de l'argile et de lui concevoir un corps aussi superbe que celui des déesses de l'Olympe. Aphrodite la dote de sa magnétique beauté et de son pouvoir de séduction ; Hermès lui offre sa dévorante curiosité et « un cœur artificieux », comprenez la duplicité ; Athéna lui accorde le savoir-faire du tissage de la laine…

La femme, ce traquenard

Et voici cette fourbe séductrice envoyée, comme un cadeau empoisonné, sur la Terre. Avouez que la « mariée » est dangereuse ! Ce nigaud d'Épiméthée, le propre frère de Prométhée, tombe dans le panneau et se laisse prendre aux charmes de cette apparition aussi sulfureuse que savoureuse. Zeus a pris soin de la nommer Pandora, ce qui signifie, au gré des traductions, « cadeau de tous » ou bien « parée de tous les dons » ou bien encore « celle qui donne tout ». Dans le premier cas, elle n'est que la créature résultant de multiples interventions divines. Dans le deuxième cas, elle est porteuse de toutes les qualités. Dans la troisième interprétation, elle est déjà vouée à faire don d'elle-même. Dans tous les cas, la première femme apparaît comme un objet plutôt que comme un sujet.

Voici donc Pandora infiltrée sous le toit d'Épiméthée. Elle découvre tout ce que contient une riche propriété : des réserves d'huile, de vin, de blé, des poteries finement décorées, de jolies étoffes délicatement tissées… Ravie, elle se glisse avec assurance dans la peau de la maîtresse des lieux. Mais quelque chose lui résiste et attise sa curiosité. Tout au fond de la maison, dans une pièce sans ouverture, entièrement vide, se trouve une grande jarre posée dans un coin. Épiméthée lui a formellement interdit d'y toucher. Elle appartient à Prométhée, qui lui a fait jurer de ne jamais l'ouvrir. Pandora ne peut pas résister et, d'une main tremblante d'excitation, elle fait sauter le couvercle de l'amphore. S'en échappe alors un tourbillon de malheurs : la colère, la folie, la jalousie, la méchanceté, la maladie, la vieillesse, la mort… Pandora pousse un hurlement, mais le mal est fait, irréparable. L'histoire dit que les plaies et les souffrances de l'humaine condition viennent de se répandre pour toujours sur Terre. Elle a juste eu le temps de refermer le couvercle, emprisonnant au fond de la jarre « la trompeuse espérance ».

Ce mythe, très célèbre, me questionnait à plus d'un titre. Quand la première femme passe du statut d'objet à celui de sujet, c'est pour devenir la mère de toutes les catastrophes ! Je n'étais guère enthousiaste à l'idée de raconter cette version que je trouvais éminemment phallocrate, mais comment y échapper ?

À l'époque, je me consolais en pensant qu'après tout, Pandora n'était que la sœur aînée d'Ève au jardin d'Éden.

Quand la première
femme passe du statut
d'objet à celui de sujet,
c'est pour devenir
la mère de toutes
les catastrophes !
Je trouvais cette
version éminemment
phallocrate, mais
comment y échapper ?

Celle que je croyais encore sortie de la côte d'Adam, dans la Bible, était toujours présentée comme la cause de tous les malheurs de l'humanité. N'était-ce pas elle qui, en écoutant le serpent, avait incité son homme à croquer une pomme interdite, provoquant ainsi leur exclusion à tous deux du paradis terrestre ? Il me faudra attendre de travailler à mon tour sur les textes bibliques, et d'écrire *Le Feuilleton de Tsippora* (Bayard, 2023), pour découvrir qu'il n'y avait ni pomme, ni péché, ni faute, ni châtiment dans ce passage de la Genèse. Et que sans doute, ainsi que l'explique la rabbine Delphine Horvilleur, Ève est-elle née à côté d'Adam, et non pas de la côte d'Adam. Là aussi, interprétations et traductions, aux mains des hommes depuis toujours, ont permis de légitimer des siècles de discrimination et stigmatisation des femmes en vertu de ce prétendu péché originel. Et si, en réalité, la Bible avait au contraire offert à la première femme un rôle moteur, majeur : celui de mettre en route l'humanité ? Grâce à elle, nous quittons le temps de l'immobilisme, pour prendre en main nos destinées et marcher librement vers notre destin d'humain.

Si je n'avais pas encore identifié le malentendu du jardin d'Éden, le mythe de Pandora me laissait néanmoins perplexe. L'insatisfaction me taraudait. Car au fond, pourquoi ne pas avoir libéré aussi l'espérance ? Pourquoi le mythe présente-t-il comme un réconfort le fait d'avoir gardé à l'intérieur de l'amphore cet espoir ? N'aurait-il pas été plus logique de le libérer lui aussi afin qu'il se répande sur la terre ? Certaines adaptations françaises, éprises de cartésianisme, n'hésitent pas à modifier l'histoire pour que l'espoir s'échappe lui aussi et répande ses bienfaits afin de contrer l'impact des malheurs. D'autres interprétations résolument féministes tentent de minimiser les conséquences du geste de Pandora. Deux options qui me semblent se fourvoyer par rapport au mythe d'origine. J'avais déjà pu expérimenter l'absence de logique qui habite certains récits, mais celui-ci me semblait d'une autre nature. Pourquoi Hésiode évoque-t-il « la trompeuse espérance » ? Et si Pandora, en libérant les maux et en enfermant l'espérance, avait joué un autre rôle ? Et si, tout comme Ève, elle n'était pas non plus celle par qui le malheur arrive ?

Pandora enferme l'espoir et libère la lutte

Quelques années plus tard, alors que la Grèce souffrait sous le double joug d'une sévère crise économique et de contraintes violentes de l'Union européenne, je découvrais des Grecs qui ne se résignent pas mais n'espèrent rien. Des Grecs qui se battent au quotidien contre l'adversité, sans jamais s'en remettre au destin ni à demain. Je repensais

Pandora, la première
femme, n’est pas
coupable d’une faute
originelle ayant
plongé les hommes
dans le malheur.
Non, en ouvrant
cette jarre,
elle est au contraire,
tout comme Ève,
celle qui a mis
l’humanité
en marche.

à cette phrase de mon amie l'écrivaine Rachel Hausfater : « Le contraire du désespoir, ce n'est pas l'espoir. C'est la lutte[1]. » Au cours d'une discussion, je m'en ouvris à une conteuse grecque dont je venais de faire la connaissance. C'est elle qui me dit : « Chez nous l'espérance n'existe pas, car en promettant un avenir meilleur, elle empêche d'agir. C'est comme ça depuis l'Antiquité. Pourquoi crois-tu que Pandora a enfermé l'espoir au fond de la jarre ? En faisant cela, elle nous a protégés d'un ultime fléau, celui de l'immobilisme. »

Je venais de comprendre : Pandora, la première femme, n'est pas coupable d'une faute originelle ayant plongé les hommes dans le malheur. Non, en ouvrant cette jarre, elle est au contraire, tout comme Ève, celle qui a mis l'humanité en marche. Si Prométhée l'avait su, il aurait moins souffert sur son rocher.

D'ailleurs, pour en finir avec mon petit protégé, sachez qu'il ne parla pas. Et qu'Héraclès, le Monsieur Muscle des mythes grecs, fils illégitime de Zeus, passant par là, tua d'une flèche en plein cœur l'aigle carnivore et brisa les chaînes du Titan. Zeus, lassé, accepta alors de lui rendre sa liberté. Cédant aux pressions d'Athéna selon les uns,

---

1 — *Mordechaï Anielevitcz : non au désespoir,* de Rachel Hausfater, Actes Sud jeunesse, 2010.

par orgueil de père devant la prouesse de son rejeton selon les autres. Peut-être un peu des deux. De fait, Prométhée, le seul personnage mythologique à avoir tenu tête à Zeus, a reconquis sa liberté sans jamais avoir abdiqué. Un vrai héros, je vous dis. Moi, je la comprends, Athéna...

8.
Héra cruelle plutôt que victime

Un autre personnage tient tête à Zeus et parvient même à lui faire peur : Héra, sa femme. Comme Hestia et Déméter, cette troisième sœur de Zeus n'est apparemment dotée que d'un strapontin. Pensez donc, qui peut se contenter d'être la déesse du Mariage ? D'autant qu'elle est justement celle que son mari trompe le plus effrontément. Petit pouvoir, me semblait-il.

Héra, en femme trompée

Il faut reconnaître qu'Héra n'est pas un personnage a priori sympathique. Au lieu de poursuivre de sa vindicte son époux adultère, elle se trompe souvent de cible et s'acharne à persécuter les femmes avec lesquelles son conjoint a une liaison, ainsi que les enfants adultérins qui naissent un peu partout. Une attitude terriblement injuste qui la rend assez détestable, mais furieusement authentique. De nombreuses nymphes en ont fait les frais, l'une des plus célèbres étant sans doute la jeune Io.

Zeus avait jeté son dévolu sur la belle Io et, après l'avoir courtisée en bonne et due forme, il en avait fait l'une de ses nombreuses maîtresses. Cette nouvelle infidélité manquait d'autant plus d'élégance que Io était une prêtresse qui servait au temple d'Héra. Ceci explique peut-être la rage de la déesse aux bras blancs lorsqu'elle se mit à soupçonner cette liaison. Comme dans une pièce de boulevard, elle chercha à surprendre les amants en pleine action. Elle surgit brusquement et faillit parvenir à ses fins, mais Zeus, in extremis, transforma sa compagne d'ébats en une génisse blanche. Héra ne fut pas dupe. Elle s'approcha de la petite vache et demanda à son mari de bien vouloir la lui offrir. Sous quel motif refuser ? Zeus redoutait les colères de son épouse. Il fit profil bas et la laissa partir avec l'animal.

Pauvre Io, qui fut aussitôt remise à la garde d'un serviteur zélé d'Héra nommé Argus : elle n'avait aucune chance d'échapper à la surveillance de son gardien, car celui-ci était muni d'une centaine d'yeux ! Quand il dormait, il restait toujours un œil en éveil... Désemparé, Zeus envoya Hermès au secours de la jeune femme. Le dieu messager avait plus d'un tour dans son sac. Assurément, le beau parleur, le roi des bavards, réussit là un coup de maître ! Grâce à son verbiage, il parvint à endormir Argus. Ses yeux se fermèrent les uns après les autres. Quand la dernière paupière fut close, Hermès bondit sur le gardien, le tua et s'empressa de libérer la prisonnière.

Héra vengeresse

Lorsqu'Héra découvrit cet assassinat, elle prit les yeux de son fidèle ami et les posa sur les plumes d'un grand oiseau capable de faire la roue. Ainsi naquirent les paons, qui devinrent son emblème. Puis, n'abandonnant pas sa vengeance, elle envoya un taon poursuivre la génisse. La grosse mouche noire piqua, piqua tant et tant que la pauvre Io se mit à courir le monde, cherchant vainement à lui échapper. Elle traversa d'innombrables pays, longeant ainsi une mer qui depuis s'appelle la mer Ionienne en souvenir de cette longue errance. Pendant ce temps, que faisait Zeus ? Rien, ou si peu. Tout juste finit-il par rendre à la génisse sa forme humaine lorsqu'elle posa un sabot sur le sol d'Égypte. La méchante de l'histoire, ici, c'est bien Héra, n'est-ce pas ?

Et que dire de son rôle néfaste concernant la naissance d'Artémis et d'Apollon ? Apprenant que son mari avait fricoté avec une jeune nymphe nommée Léto, et que celle-ci attendait des jumeaux, Héra maudit toute terre qui accueillerait la future mère. Terrible malédiction : voici la femme enceinte condamnée à l'errance. C'est finalement sur une île réputée flottante, l'île d'Ortygie, l'île aux Cailles, que Léto échoue. Car une île flottante n'est pas une terre...

Cependant cet accouchement dans la solitude, accrochée à l'unique palmier qui pousse sur cet îlot, est une terrible épreuve pour Léto. Et sa fille, Artémis, en restera marquée à jamais. Elle nourrit une haine pour Héra, doublée d'un profond sentiment d'injustice et d'une forme de mépris pour son père. Car une fois de plus, il ne lève pas le petit doigt pour soustraire son amoureuse à la vindicte de son épouse légitime. Mieux encore, après avoir couvert de cadeaux son fils Apollon, il entend le son de la voix d'Héra qui le cherche et s'enfuit précipitamment, de peur d'être découvert auprès de Léto et ses enfants. Il part sans même avoir offert à sa fille ses cadeaux de naissance.

Héra insoumise

Dans toutes les histoires, Héra incarne la jalousie. Et permet des débats passionnés. Ainsi, dans les classes, ce qui révolte les enfants, ce n'est pas qu'elle soit jalouse – et les innombrables conflits de couples dont ils sont spectateurs les mettent très tôt aux avant-postes de cette réalité –, non, ce qui les choque souvent c'est qu'elle évite en général de s'attaquer directement à Zeus. Car aux yeux des enfants, l'unique coupable, c'est lui. Mais il est bien difficile de s'en prendre au dieu des dieux, le tout-puissant maître de l'Olympe en personne. Héra s'y risque rarement. Cependant, on vient de le voir, cela ne la condamne pas pour autant à subir les tromperies et coucheries de son époux sans réagir.

Il est revigorant de constater que parmi la pléiade d'héroïnes et de déesses qui peuplent les mythes on ne croise guère de femmes soumises, et pas davantage de victimes. Chacune d'entre elles s'acharne à garder la tête haute, même dans l'adversité, même lorsque son conjoint la trahit. Ce qui est très fréquent. Si Héra est à ce point injuste et détestable, c'est pour n'être jamais une victime condamnée au silence face aux incartades d'un mari volage. La déesse aux bras blancs préfère opter pour la cruauté plutôt que pour le martyre. Combien d'épouses trompées remâchent leur amertume, affichent leur disgrâce, suscitant la compassion en réponse à leur plainte. Héra, elle, préfère guerroyer, et se battre, s'offrant même le luxe de la méchanceté et de la vindicte la plus injuste. Au fond, la femme de Zeus est politiquement incorrecte. Elle ne prête pas une seconde le flanc à l'apitoiement, nous interdisant le couplet classique sur les pauvres femmes

Il est revigorant
de constater que
parmi la pléiade
d'héroïnes
et de déesses qui
peuplent les mythes
on ne croise guère
de femmes
soumises,
et pas davantage
de victimes.

victimes de la nature nécessairement volage des hommes. Pas plus qu'elle n'est raccord avec les *stories* modernes sur papier glacé, qui nous offrent comme modèle idéal celui de la famille recomposée où tout le monde s'aime, fête Noël et les anniversaires ensemble. Osons avouer que cela fait du bien !

Regardez-la s'acharner sur les enfants de son époux dont elle n'est pas la mère. Héra incarne alors la figure type de la marâtre. Cette belle-mère qui hante l'imaginaire des contes, celle qui persécute Cendrillon ou Blanche-Neige, n'est qu'une descendante de la femme de Zeus. Quand celle-ci exerce sa vengeance contre les « bâtards » de son mari, elle n'y va pas de main morte. Le plus célèbre de ses souffre-douleur n'est autre qu'Héraclès, plus connu sous le nom d'Hercule.

Héra face à la progéniture de Zeus

Cela fait des mois que la jeune et belle Alcmène attend le retour de son mari, Amphitryon, parti guerroyer loin de Thèbes. Et un soir, le voici qui surgit dans sa chambre. Tout en lui racontant ses exploits, il justifie ce curieux retour en catimini par un ardent désir de la revoir vite. Après une torride nuit d'amour, il repart comme il est venu, arguant du fait qu'il préfère réaliser une entrée triomphale dans la ville à la tête de ses troupes.

Effectivement, le lendemain, Amphitryon, revêtu de son armure rutilante et auréolé de gloire, pénètre dans Thèbes. C'est une Alcmène rayonnante qui l'accueille et lui glisse à l'oreille : « Merci pour ta jolie surprise de cette nuit. Mon lit est encore tout chaud de ta présence... » Seulement voilà, son époux ne réagit pas du tout comme prévu : « Je n'étais pas dans ton lit cette nuit ! Avec qui as-tu dormi, traîtresse ? » hurle-t-il, fou de rage. La jeune femme a beau protester de sa bonne foi, le supplier de la croire, lui narrer le récit de ses batailles qu'il lui a racontées la nuit même, rien n'y fait. Amphitryon est-il victime d'un dédoublement de personnalité ? Alcmène est-elle frappée de démence ? La foule des Thébains venue acclamer le retour de son roi est stupéfaite.

C'est alors que s'avance le devin Tirésias. L'aveugle aux yeux blancs qui voit tout vient éclaircir cet imbroglio : « Personne ne ment. Mieux, tout le monde a raison », dit-il. Un silence perplexe accueille ses propos. Il poursuit : « Toi, Amphitryon, tu n'étais pas à Thèbes cette nuit. Et toi, Alcmène, tu as bien passé la nuit dans les bras de ton époux. Du moins, tu as cru que c'était lui, mais tu as été dupée car quelqu'un a pris son apparence pour se faire accepter dans ton lit. Et ce quelqu'un, c'est Zeus en personne. »

À partir de là, tout dérape. Le mari, vexé d'être cocufié aux yeux de tous, fût-ce par le dieu des dieux, s'apprête à commettre un féminicide et conduit Alcmène au bûcher. Car dans l'Antiquité déjà, les épouses subissent le pire lorsqu'elles sont accusées d'adultère, alors même que les hommes, eux, ne se gênent pas pour coucher à droite et à gauche. Cette ignominie et ces châtiments barbares sévissent encore aujourd'hui dans bon nombre de parties du monde. Cette fois, Zeus, tout de même un peu piteux, s'en mêle et envoie une grosse pluie pour éteindre les flammes. Face à l'intervention divine, Amphitryon se calme et le couple se réconcilie. Happy end ? Pas du tout, car bientôt Alcmène se retrouve enceinte. C'est là qu'Héra entre en jeu. Et que le pire commence.

Des jumeaux voient le jour : l'un est fils de Zeus, l'autre d'Amphitryon. Mettant son orgueil dans sa poche, Amphitryon décide de les élever tous les deux comme ses fils. Mais redoutant la colère de la femme trompée, et pour protéger le bébé divin, voici que les parents le nomment Héraclès, ce qui signifie « la gloire d'Héra ». Ce sera peine perdue.

Neuf mois plus tard. La nuit est noire. Les deux petits garçons partagent leurs rêves dans le même berceau, quand deux monstrueux serpents se faufilent dans leur chambre. Leurs têtes sont aussi grosses que des poings, leurs corps longs et sinueux s'entortillent autour des nourrissons. L'un d'entre eux, Iphiclès, se réveille et se met à hurler de terreur. Ses cris réveillent son frère, Héraclès. Pas le moins du monde impressionné, celui-ci tend ses menottes vers les affreuses bêtes. Leurs langues sifflent, leurs crocs dégoulinent de venin. Mais Héraclès les saisit à la gorge, un dans chaque main, et les étouffe. On peut imaginer la sidération des adultes accourus, alertés par les pleurs, découvrant le bébé trônant dans son berceau, brandissant les serpents morts comme des trophées ! Cet exploit n'est que le premier mais contribue à forger sa légende d'homme le plus fort du monde.

Furieuse d'avoir échoué, Héra ne lâche rien et va utiliser habilement le point faible de son beau-fils. Héraclès est incapable de maîtriser sa force. De fait, son impressionnante musculature n'est jamais au service de l'intelligence, ni de la modération. Au fil des exploits que la légende lui prête, j'ai découvert un personnage beaucoup moins glamour que Walt Disney et autres représentations en technicolor nous dépeignent. En réalité, Héraclès est le prototype de la brute impulsive. Son premier réflexe est toujours de frapper. Il réfléchit après, si tant est qu'il se mette à réfléchir. Ainsi, dès son adolescence, on le voit saisir sa lyre et l'asséner violemment sur la tête de son professeur de chant, le tuant net sur le coup. Ce jour-là, Héraclès était simplement de mauvais poil et n'avait pas envie de faire de musique. Mais ce professeur, en réalité, il l'adorait ! Il s'effondre en sanglots sur son cadavre. Le voilà bien puni, dépassé par sa propre violence.

J'ai désormais coutume de dire à tous ceux dont les yeux brillent à l'évocation de ce grand héros que ce Monsieur Muscle a une cervelle grosse comme un pois chiche, et que son impulsivité ne lui attire que des ennuis, dans la vie. D'ailleurs, c'est bien elle la fautive dans l'affaire des douze travaux auxquels il est condamné. Les plus célèbres de ces épreuves – vaincre la monstrueuse Hydre de Lerne aux dix têtes, nettoyer les écuries d'Augias débordantes de purin, ou bien encore sortir des Enfers Cerbère, l'horrible chien d'Hadès – flottent dans l'imaginaire collectif, mais bien peu se souviennent de la cause de cette punition.

Imaginez un gars qui rentre du sport. Il s'est arrêté au passage pour boire un coup avec des potes. Il enfile verre sur verre, rit à gorge déployée, montre ses biceps, parle de plus en plus fort. Quand vient l'heure de rentrer chez lui, il titube, le voilà ivre mort. C'est à peine s'il parvient au seuil de sa demeure. Il ne remarque rien sur son passage, pas même une ombre dans un recoin. C'est celle de sa belle-mère, Héra, qui le hait. Elle lui jette un sort, lui envoie quelque chose qui ressemble à la folie, il ne voit rien, il est saoul comme un cochon. Ce mauvais sort, est-il vraiment nécessaire dans l'état d'ivresse où il se trouve ? Ou bien au contraire cette marâtre choisit-elle d'exploiter à fond sa faiblesse ? Toujours est-il qu'il passe la porte de la maison l'esprit totalement embrumé. Il aperçoit alors trois gros insectes rampant vers lui. On dirait des cloportes, peut-être bien de la vermine. Héraclès a horreur de tout ce qui grouille au sol. Les trois bestioles se rapprochent, l'une d'entre elles tente même d'escalader son genou, Héraclès rugit. Il ne réfléchit pas, ne regarde rien, devenu fou. Il doit les écraser, là tout de suite, se débarrasser de cette sale engeance grouillante. Il attrape les insectes et les projette l'un après l'autre contre le mur. S'il avait été moins frappé de folie, il aurait pu entendre le petit ricanement poussé par Héra. Mais celui-ci est couvert par les hurlements de sa femme et des serviteurs de la maison. Car les trois cloportes qu'il vient de réduire en bouillie sont ses propres enfants.

Triple infanticide. C'est pour expier cet horrible crime qu'Héraclès est condamné aux douze travaux à effectuer pour le compte de son cousin Eurysthée. Ce qui m'a frappée d'emblée, avec ce terrible assassinat, c'est de retrouver une nouvelle fois ce motif du père dangereux. En cela, Héraclès s'inscrit dans la droite lignée d'Ouranos et de Cronos.

Dans la mythologie,
les femmes trompées
ne se laissent
jamais abattre.
Et c'est tant mieux.

On me demande parfois si c'est une bonne idée de raconter aux enfants des histoires aussi sanguinolentes. À cela, je rétorque tout d'abord que seuls les adultes sont gênés, pas les petits lecteurs. Les mythes nous proposent de convoquer toutes nos terreurs archaïques pour mieux les conjurer : père assassin, belle-mère féroce… Dès lors, quoi de plus réjouissant que de se faire raconter ces sombres récits d'infanticides par des papas doux et protecteurs ?

Quant à l'utilité d'offrir une figure de belle-mère hostile et féroce, elle est infinie à tout âge ! Ils sont légion ceux à qui le modèle éruptif, injuste et combatif d'Héra fait du bien. Aux enfants qui se plaignent de la nouvelle femme de leur père elle offre une échelle dans la méchanceté, une figure de projection qui peut tourner à l'avantage de la marâtre. Après tout, la leur n'est peut-être pas si terrible que cela… Aux femmes délaissées, elle tend un miroir, leur propose de relever la tête, donne ce petit coup de fouet nécessaire qui permet de mener le combat. Certaines verront en elle une autorisation de guerroyer contre les enfants de « l'autre », tandis qu'au contraire d'autres y puiseront un rappel à l'ordre, un exemple repoussoir d'un comportement à ne pas adopter.

Dans la mythologie, les femmes trompées ne se laissent jamais abattre. Et c'est tant mieux. Héra, la femme du dieu des dieux, est elle-même une puissante déesse, redoutable et redoutée. Gardienne de l'institution du mariage, elle est là surtout pour tenir la dragée haute aux hommes. Avec elle, la jalousie n'est ni honteuse ni ridicule, elle est un motif de vengeance exemplaire et légitime. Elle ouvre la voie à d'innombrables héroïnes qui gardent en elles cette injonction : ne pas se laisser bafouer sans réagir. Je pense notamment à l'emblématique Médée, dont le comportement a fait couler beaucoup d'encre au fil des siècles. Je reconnais, si ce n'est une tendresse, au moins une compréhension forte à l'égard de cette femme sans concession, sans compromission et d'une terrible sincérité.

9.
Avec Médée faire une arme de sa douleur

C'est un paysage de rêve. Une petite crique à l'anse gracieuse où les rochers blancs et la mer bleue vous font regretter de ne pas être peintre. Quelques colonnes et gros blocs de pierre se serrent les uns contre les autres, dans un espace creusé à même la roche, semi-circulaire, tout près du rivage. D'où provient l'étrange émotion qui vous noue la gorge en pénétrant ainsi dans ce site antique, à Perachóra, dans le golfe de Corinthe ? Nous sommes dans un ancien lieu de culte, un *héraion*, c'est-à-dire un temple dédié à Héra. Ici étaient rendus des oracles, liés, semble-t-il, à un échange avec l'au-delà. Tout est si beau, si calme, si pur. Et quelle lumière... C'est pourtant ici que Médée enterra ses enfants. Dans le giron d'Héra. Ses enfants qu'elle avait tués de ses propres mains.

Médée en meurtrière

Que n'a-t-on dit et médit, fantasmé et écrit sur Médée, la mère meurtrière ! Cette maléfique magicienne devenue folle par désespoir amoureux a inspiré à Euripide une de ses plus sublimes tragédies, mais aussi d'innombrables pièces aux auteurs de théâtre grec. Elle a servi de modèle à Corneille avant qu'Anouilh s'en mêle, et plus récemment Laurent Gaudé. Chaque artiste, chaque époque est venue projeter sa fascination pour cet infanticide. Sans jamais parvenir à en résoudre le mystère.

J'ai cherché, moi aussi, à percer cette énigme jetée à la face des hommes. Mais pour comprendre les motivations de ce geste infanticide, il me fallait l'aide de Pausania, la nourrice qui nous entraîne dans le passé.

Elle a de longs cheveux d'un noir corbeau et un visage aux traits aigus. Pommettes hautes, regard perçant. Elle est la fille du roi de Colchide, une région qui s'apparente à la Géorgie d'aujourd'hui. Elle, c'est Médée. On prétend qu'elle est dotée de pouvoirs maléfiques. Sans doute sa tante, la magicienne Circé, lui a-t-elle transmis quelques secrets pour fabriquer philtres et potions, mais elle n'est qu'une princesse somme toute assez banale lorsque sa vie bascule. Un étranger, un Grec du nom de Jason, arrive à la cour du roi. Il est beau, il est prince, il a l'air

Figure d'une femme
qui se perd par amour,
sacrifie son âme
et commet les plus
grandes atrocités
au nom de la passion
qu'elle éprouve, Médée
a de quoi effrayer.
À moins que l'on admire
cet engagement total,
cette force de l'alliance
amoureuse, qui dicte
sa loi.

de n'avoir peur de rien. Médée en tombe éperdument, follement amoureuse. Le but de sa visite est aussi intéressé que désinvolte : cet étranger est venu réclamer une Toison d'or appartenant à son père, trésor sur lequel veille jalousement un dragon. Naturellement, le roi n'apprécie guère cette revendication : la Toison d'or fait la renommée de la Colchide. Il n'est pas disposé à la lui céder sans lui faire subir une série d'épreuves effrayantes. Avec insouciance, Jason accepte de relever les défis que lui lance le roi. Médée, elle, est terrifiée : elle sait que le beau jeune homme n'a aucune chance de s'en sortir vivant. Alors elle fait un premier pas. Elle trahit son père, et c'est elle qui aide Jason à remporter les épreuves imposées par le roi et à lui échapper. À partir de cet instant elle ne va cesser d'épauler Jason, le protéger, le faire gagner.

Quelques morceaux de bravoure plus tard, et grâce à Médée, Jason repart avec la fameuse Toison d'or et regagne son vaisseau, l'*Argo*. Médée quitte tout pour le suivre, emmenant avec elle son petit frère Apsyrtos. Son père, fou de rage, lance sa flotte à la poursuite de l'*Argo*. D'elle, il se moque bien. De la Toison d'or, un peu moins. Mais son fils adoré, son fils tant aimé, ça il ne veut pas le perdre.

Ses navires sont plus rapides, ils vont bientôt atteindre le vaisseau des Argonautes. Médée panique. Elle a peur.

Peur de perdre son amour. Peur de perdre la vie. Car si son père les rattrape, c'en est fini d'elle et de lui. Alors Médée se jette sur son frère, lui plonge un couteau dans le cœur et commence à le découper en morceaux. Puis elle balance un à un les morceaux du corps par-dessus bord. « Le voilà, ton fils chéri ! » hurle-t-elle à son père. Ce crime horrible leur sauve la vie, puisque la flotte royale cesse la poursuite pour repêcher les restes de l'enfant. Les Argonautes, les marins de Jason, sont glacés d'effroi devant ce carnage. Les yeux de Médée brillent d'un éclair de folie qui les fait frissonner. Jason lui-même est sidéré : quelle force aveugle a pu diriger la main de la princesse sans trembler ? Cette main, qui ruisselle du sang de l'enfant dépecé, lui caresse la joue. Jason sourit. Leur pacte d'amour et de mort est scellé.

La descente aux Enfers de Médée continue, en une sanglante progression. La voici qui tue de nouveau, toujours pour protéger son amant. Cette fois c'est l'oncle de Jason, Pélias, celui qui lui a volé son trône et l'a envoyé conquérir cette Toison d'or, qui se trouve en travers de sa route. Médée le fait disparaître d'une manière abominable. Profitant de la naïveté des filles de Pélias, elle leur fait miroiter la possibilité de rendre à leur père sa jeunesse, en le découpant en rondelles et en précipitant les morceaux dans un chaudron empli d'une potion magique. Ainsi les filles de Pélias l'assassinent en croyant lui offrir un bain de jouvence. Rien ne semble pouvoir arrêter cette meurtrière en série, du moment qu'il s'agit de protéger son homme. Elle est prête à tout pour lui, tout. Lui sait. Et la laisse faire.

Médée en femme sacrificielle

Figure d'une femme qui se perd par amour, qui sacrifie son âme et commet les plus grandes atrocités au nom de la passion qu'elle éprouve, Médée a de quoi effrayer. À moins que l'on admire au contraire cet engagement total, cette force de l'alliance amoureuse, qui dicte sa loi. La priorité de Médée, c'est son amour pour Jason. Quoi qu'il lui en coûte. Ce choix résonne fortement aujourd'hui avec les femmes qui sacrifient une part d'elles-mêmes en devenant des épouses. Je ne parle évidemment pas ici d'assassinat, mais plutôt des choix de priorités que font si souvent les femmes, sans jamais se plaindre : sacrifice d'une carrière, au profit de celle de monsieur, sacrifice d'un épanouissement personnel, au profit de celui de la famille... Médée non plus ne se plaint pas : c'est elle qui décide de trahir et d'assassiner pour soutenir Jason. Elle sait ce qu'elle sacrifie d'elle-même dans cette spirale diabolique. Elle assume.

Et puis.

Transportons-nous quelques années plus tard, avec l'aide d'Antalia, la nourrice qui nous ouvre le futur.

De dos, tapie dans l'encoignure d'une fenêtre, une femme observe ce qui se passe dans le jardin. C'est Médée. Des cheveux argentés se sont glissés dans sa chevelure sombre, quelques rides plissent le coin de ses yeux. Son visage est bouleversé. Elle souffre. Atrocement. Dans le jardin, un homme enlace une très jeune fille. Cet homme, c'est le sien. Ou plutôt c'était le sien. Car il vient de proposer à la jeune fille qu'il caresse de l'épouser. Glauké, la fille du roi de Corinthe, n'a pas vingt ans. Médée écoute son rire de grelot, regarde sa peau lisse et lumineuse, toise sa taille élancée. Elle sait qu'elle a perdu. Que l'homme de sa vie va préférer la fraîcheur de la jeunesse à sa maturité. Elle pourrait le mépriser pour ce que son attitude révèle de minable. Elle pourrait se mettre à hurler de colère. Non, la colère viendra après. Médée pleure. Pas à cause de l'ingratitude de Jason, ni de sa lâche trahison, non, Médée pleure parce qu'en elle l'amour est toujours vivant. Il palpite comme un petit oiseau au creux de son ventre. C'est lui qui souffre et agonise. Il bat lentement des ailes, de plus en plus lentement. Il étouffe, convulse. C'est fini. Elle ne le sent plus vibrer en elle. L'amour vient de mourir. La magicienne sèche ses larmes et dégaine sa haine.

De Héra à Médée,
femmes trompées,
trahies, salies,
utilisées,
les blessées
de l'amour ne se
soumettent pas.

Médée en vengeresse

« Il faudrait que les hommes fassent naître les enfants d'un autre endroit, n'importe, et qu'il n'y ait pas la race femme. De cette façon, le mal n'existerait pas chez les humains[1] », s'exclame le Jason d'Euripide, en une tirade du plus parfait machisme. C'est bien pourtant ce que de nombreux hommes, au fond d'eux, ressentent en découvrant la suite de cette tragédie. Parce qu'à la lâcheté et la déloyauté de Jason répond la cruauté folle de la femme qui a tout sacrifié pour lui.

Médée, répudiée par Jason, ne se laisse pas chasser ainsi. Elle commence par envoyer un cadeau à Glauké, une superbe tunique que la jeune fille s'empresse d'enfiler. Aussitôt l'habit prend feu. Car Médée l'a enduit d'un de ces philtres maléfiques avant de lui offrir. La jeune fille se transforme en une torche vivante et provoque l'embrasement du palais tout entier. Sa rivale une fois immolée, Médée ne s'arrête pas là. Elle veut briser Jason. Le faire souffrir autant qu'elle souffre de son abandon. La radicalité de sa vengeance est si intense qu'elle choisit de sacrifier ses enfants. Elle coupe ainsi le seul lien qui lui restait avec Jason et détruit ce qu'il aimait

---

1 — *Médée* d'Euripide, traduction de Myrto Gondicas et Pierre Judet de La Combe, Les Belles Lettres, 2012.

passionnément. Bien entendu, cette violence paroxystique se tourne autant contre elle-même que contre son mari infidèle. Et c'est là toute l'énigme et la force sidérante du mythe de Médée : elle a tout à la fois une personnalité monstrueuse et d'une intense fragilité. Sorcière folle dépourvue d'âme ou bien amante brisée par la trahison ? Elle est l'une et l'autre. Sans cœur et trop de cœur.

De Héra à Médée, femmes trompées, trahies, salies, utilisées, les blessées de l'amour ne se soumettent pas. Elles usent de stratagèmes diaboliques, se rendent haïssables, mais résistent. Elles font de leur douleur une arme, qui se retourne parfois contre elles, et les aide avant tout à rester des femmes debout.

10.
Le cas Ariane

On s'habituerait presque aux infidélités de Zeus, tant ce trait de caractère est constitutif de sa personnalité. Rencontrer la même absence de loyauté chez les héros est plus problématique. On vient de voir le manque de fiabilité et de reconnaissance de Jason, le chef des Argonautes, envers Médée; il n'est pas le seul en son espèce. Dans ce registre-là, celui qui m'a posé le plus de questions, ce fut Thésée.

Voilà un jeune prince, un héros qui va se faire tout seul, sans l'aide des dieux ni de son père. Et pour cause: jusqu'à la fin de son adolescence, il ignore de qui il est le fils. S'agit-il d'Égée, le roi d'Athènes, ou bien de Poséidon lui-même, le dieu des Mers? Le doute sur la véritable identité du géniteur d'un personnage est une figure récurrente de la mythologie. Au point de souligner le pouvoir des mères.

On sait toujours de quel ventre on a surgi, on n'est jamais certain de celui qui l'a fécondé.

Toujours est-il que ce jeune garçon, qui est né et a grandi dans la ville de Trézène, s'embarque dans un long voyage initiatique, parcourant seul à pied le Péloponnèse semé d'embûches, pour atterrir à Athènes et se faire reconnaître et accueillir par son père. Il aura au passage trucidé moult brigands et voyous de grand chemin, nettoyant la région de tous ses hors-la-loi et se forgeant une réputation de bravoure avant même d'atteindre le palais paternel. Il est plutôt sympathique, Thésée, ne réclamant jamais l'aide de l'Olympe, contrairement à d'autres héros qui ne peuvent lever le glaive ou le poing sans qu'un dieu dirige leur bras. Lorsqu'il s'embarque sur un navire, direction la Crète, afin d'affronter le roi Minos et son sinistre labyrinthe, on ne peut être qu'à ses côtés.

Minos a perdu son fils par la faute d'Athènes, aussi tous les neuf ans la ville lui envoie-t-elle quatorze jeunes gens, destinés à payer de leur vie cette vie perdue. En règle générale, aussitôt débarqués les jeunes Athéniens sont enfermés dans une partie du palais qu'on appelle le labyrinthe. Personne n'est jamais ressorti vivant de cet espace fait de coins et de recoins, de culs-de-sac et de couloirs sans issue. Si tant est que l'on parvienne à échapper aux dents du monstre qui y vit, le fameux Minotaure, mi-homme mi-taureau, impossible de retrouver le chemin de la sortie. Le labyrinthe est un tombeau.

Thésée, lui, a bien compris comment affronter la bête. D'instinct, il sait que le Minotaure est dangereux seulement parce qu'on l'a enfermé et qu'on l'a enfermé parce qu'il était différent, né des amours monstrueuses de la femme de Minos avec un taureau. Le Minotaure sait reconnaître en Thésée un allié pour l'aider à mettre un terme à sa vie de souffrance. Sortir victorieux de ce combat à mains nues, ça Thésée sait le faire. Mais retrouver son chemin pour s'échapper du labyrinthe, c'est autrement plus compliqué !

C'est là qu'intervient Ariane.

Ariane et son fil

Elle, la fille du roi Minos, est tombée amoureuse de l'étranger arrivé d'Athènes. Même histoire que celle de Médée avec Jason. Le bel étranger est celui qui permet de s'affranchir de la tutelle du père. Rompre avec le patriarcat, c'est là encore le trahir. Ariane est tout aussi intrépide que Médée. Elle se rend chez Dédale, l'architecte du labyrinthe, qui se terre quelque part dans une autre aile du palais, pour tenter de lui extorquer les plans de sa construction. En vain. Lui aussi a perdu les plans. C'est du moins ce qu'il prétend. Que faire alors ? Ariane parle, pleure, supplie. Elle sait trouver les mots et convaincre. Malgré la terreur que lui inspire le cruel roi Minos, Dédale lui confie une pelote de fil et lui révèle l'astuce : fixer solidement un bout à son poignet et attendre sagement l'homme qu'elle aime à la sortie. Lui n'aura qu'à remonter le fil pour retrouver son chemin et l'air libre.

Dédale a bien raison de trembler pour lui. Car la petite sœur d'Ariane, Phèdre, l'a vue se glisser auprès de l'architecte. Et le lendemain, d'un doigt innocent et vengeur, l'enfant le dénoncera. Dédale sera châtié en étant enfermé avec son fils Icare à l'intérieur de son propre labyrinthe.

En attendant, Ariane est celle qui tient la clé de la survie de Thésée et les siens. Elle se poste à la sortie du labyrinthe et elle attend. Suivre les oscillations du fil. Vibrer quand celui-ci ondule. Ne plus respirer dès que le fil pend inerte. Bondir de joie lorsque le fil donne de nouveau signe de vie. Longue est la progression de son amoureux à l'intérieur du ventre du labyrinthe. Lorsque Racine écrivit *Phèdre*, sa tragédie sans doute la plus connue, il fit dire à la jeune femme déclarant sa flamme à son beau-fils Hippolyte qu'elle lui aurait enseigné tous les détours du labyrinthe mais surtout se serait jetée dans le noir à ses côtés :

Un fil n'eût point assez rassuré votre amante :
Compagne du péril qu'il vous fallait chercher,
Moi-même devant vous j'aurais voulu marcher,
Et Phèdre au labyrinthe avec vous descendue
Se serait avec vous retrouvée ou perdue[1].

En cela, sa grande sœur Ariane est bien plus sage et bien plus folle en même temps. Si son tempérament est moins entier que celui de Phèdre, elle n'en est pas moins tout aussi passionnée. Car ce que propose Ariane à Thésée, c'est l'alliance, solide, indéfectible. De celle qui sauve une vie parce qu'on est plus fort à deux. Un fil qui se tisse comme celui qui relie Pénélope à Ulysse. Ce fil-là a plus à voir avec le cordon ombilical qu'avec un fil à la patte. Et quand Thésée, victorieux du Minotaure, cherche à rebrousser chemin, c'est tout naturellement à tâtons qu'il rejoint la lumière, guidé par le fil que tient Ariane.

La suite, c'est la fuite. La même que celle de Jason et Médée. Si ce n'est qu'Ariane, elle, n'emmène pas sa petite sœur avec elle, malgré ses suppliques. Pas plus qu'elle ne se transforme en meurtrière pour l'amour de son héros. Ariane trahit son père, quitte son île pour suivre l'homme qu'elle aime. Elle pleure en regardant

---

1 — *Phèdre*, de Jean Racine, acte II, scène 5.

le bateau s'éloigner des superbes côtes escarpées de sa Crète natale. Elle pleure de quitter sans doute pour toujours ces rivages adorés. Il faut avoir rencontré une fois dans sa vie la beauté de la Crète pour éprouver le déchirement que peut représenter pour la jeune princesse cet exil éternel. Elle pleure mais ne doute pas de son choix. Elle ne se demande pas si Thésée vaut un tel sacrifice. Elle devrait peut-être.

Peu de temps après, une terrible tempête se lève, une de ces tempêtes où la Méditerranée devient méconnaissable. Des creux, des bosses, des bosses, des creux. Le bateau, ballotté comme une coquille de noix, menace de chavirer à chaque rafale. Ariane est livide. Malade, terriblement malade. Thésée prend peur. Il faut coûte que coûte qu'elle aille mieux, l'aider à reprendre ses esprits. Profitant d'une légère accalmie, il parvient à accoster non loin de l'île de Naxos et à faire transporter Ariane sur la terre ferme. Épuisée, la jeune fille se laisse faire avec soulagement et s'endort sur le sable, recouverte par la cape que Thésée a déposée sur ses épaules.

Ariane abandonnée

Que se passa-t-il ensuite ? La tempête reprit de la vigueur pendant la nuit. Le bateau de Thésée brisa son amarre et fut emporté au loin, très loin de Naxos. Lorsqu'Aurore aux doigts de rose se leva, Ariane ouvrit les yeux. Elle était seule sur l'île. Abandonnée.

C'est à partir de là que les interprétations divergent.

Certains, peu nombreux, racontent que Thésée, au désespoir, attendit que le vent tombe pour revenir chercher sa belle. D'autres décrivent un Thésée sans scrupules ni reconnaissance, soulagé de s'être débarrassé de celle qui pourtant l'avait sauvé. « On dit qu'il l'abandonna pour une autre maîtresse, Aeglé, fille de Panopée ; on dit que, poussé par les vents vers Naxos, il réfléchit au scandale que provoquerait l'arrivée d'Ariane à Athènes[2] », énumère Robert Graves, expert dans la manière de rassembler toutes les versions. Pour ma part, alors même que je m'apprêtais à passer cent épisodes aux côtés de Thésée, je n'adoptai ni l'une ni l'autre de ces explications. Trop radicales. Trop éloignées à mes yeux de ce qui fait la nature humaine : sa complexité, ses contradictions et parfois ses lâchetés.

Quelques récits affirment que le dieu Dionysos, découvrant la belle endormie, s'en éprit et apparut en songe à Thésée pour exiger qu'il la lui laisse. Le héros aurait,

---

2 — *Les Mythes grecs*, de Robert Graves, Fayard, 1967, rééd. Le Livre de poche, 2002, p. 364.

Ce que propose
Ariane à Thésée,
c'est l'alliance.
De celle qui
sauve une vie
parce qu'on est
plus fort à deux.

selon les uns, pris peur devant les menaces du dieu, selon les autres, été abusé par Dionysos et reconduit sur son navire. Toujours est-il que le bateau s'éloigne de Naxos avec Thésée à son bord. Avec ou sans Dionysos, le jeune homme laisse le destin décider pour lui. À mes yeux, s'il n'abandonne pas Ariane volontairement, par machiavélisme ou indifférence, il s'en éloigne par lâcheté ou fatalisme, ou bien les deux. En définitive, son amour pour elle était bien tiède. L'écart entre tout ce que la princesse crétoise avait risqué pour lui et ce que lui était capable d'accomplir pour elle est un gouffre. Thésée ne se bat pas pour elle.

Quelques jours plus tard, accostant sur l'île de Délos, Thésée se sent piteux. Vide et triste. Il a failli et il le sait. Il va rentrer en héros à Athènes, mais la vraie héroïne, c'est elle. Lui et ses compagnons inventent alors une danse, à la lueur des torches, une danse qui rend hommage au courage et au dévouement d'Ariane, celle qui leur a sauvé la vie.

Que nous raconte ensuite le mythe ? Qu'Ariane va transformer sa douleur en une force. De nouveau la femme trahie redresse la tête. De nouveau elle refuse de plier son destin au manque de fiabilité d'un homme. Lorsque sa souffrance devient moins vive, et que la blessure d'amour commence lentement à cicatriser, alors Dionysos apparaît. Il est le dieu de la Joie et de l'Ivresse, un dieu terriblement humain, qui écarte les nuages. Ariane l'accepte pour époux. Et devient la mère de ses enfants. Sur l'île de Naxos, Ariane se reconstruit et poursuit sa vie.

« C'est pas juste ! », « Elle l'a sauvé et puis lui, il ne reste même pas avec elle ! » Les enfants des écoles primaires se rangent toujours, résolument, du côté d'Ariane. Les collégiens, eux, hésitent plus, discutent parfois le pour et le contre. « Franchement, Thésée aurait pu revenir la chercher », « Oui, mais on ne peut pas s'obliger à être amoureux. Lui, il n'avait pas eu le coup de foudre... » Quant à nous, les adultes, est-ce que nous ne connaissons pas de nombreux couples qui vivent le même genre de destin que celui d'Ariane et de Thésée, sans être capables de blâmer l'un ou l'autre ? Entre le « elle en fait trop », et « il n'en fait pas assez », entre le « elle est dingue de lui » et « il ne sait pas encore s'il est amoureux », ou vice versa, c'est la modernité des questions complexes autour de l'amour que pose le cas Ariane. Et pas seulement lui. Les mythes interrogent la vie, la mort et l'amour avec force et nuance. Ils posent plus de questions qu'ils n'apportent de réponses. Ils offrent des modèles, pour peu que nous ayons envie de nous identifier, mais sans que jamais une figure soit univoque.

11.
D’Aphrodite à Thétis : non aux mariages forcés

J'ai longtemps été injuste avec Aphrodite, et je le suis encore un peu aujourd'hui. Rien de plus horripilant à mes yeux que cette déesse de l'Amour qui mise tout sur les fanfreluches, la coquetterie et le sex-appeal. Je classais sa séduction agressive parmi les stéréotypes de genre véhiculés par les magazines féminins. À elle parfums et onguents, coiffures sophistiquées et tenues affriolantes. Les œuvres d'art rivalisant à son propos de nus voluptueux et positions lascives renforçaient mon dédain. D'autant que s'opposer au diktat des valeurs prônées par Aphrodite me semble un combat plus que jamais d'actualité. Ce n'est pas pour rien que je me régale à mettre en bouche la saine colère d'Artémis, la déesse sauvage, libre et rebelle, face à la déesse de la Beauté : « Libre à toi ma tante de penser que l'amour ne peut être lié qu'aux apparences, libre à toi de chercher

S’opposer
au diktat
des valeurs
prônées
par Aphrodite
me semble
un combat
plus que jamais
d’actualité.

la séduction dans une féminité de pacotille, mais sache qu'il existe d'autres chemins que le tien[1] ! » Et lorsqu'elle prend à témoin l'assemblée des dieux tout entière, c'est un plaidoyer contre les clichés et stéréotypes sexistes : « Je suis Artémis, j'ai choisi de vivre sans contrainte dans les forêts, je suis entourée de compagnes qui ont fait le même choix que le mien et qui ne sont pas prêtes à suivre le modèle imposé par Aphrodite. Nos toilettes nous intéressent moins que courir dans les bois, l'amour n'est pas au centre de nos préoccupations. Et pourtant nous sommes toutes des femmes, oui, comme elle ![2] »

Artémis, libre mais oubliée

J'ai adoré faire vivre cette déesse qui emprunte les chemins de traverse, capable de se pointer sur l'Olympe vêtue et coiffée comme une sauvageonne des bois, experte en maniement de l'arc, des flèches et du javelot, tout autant que dans l'art de la danse et du chant. Une athlétique championne de course de fond en mesure de prendre avec grâce et élégance la tête du chœur des Muses, tout autant que de dompter les puissants chevaux attelés au char d'Apollon. « Mes chevaux sont trop nerveux, une

1 — *Le Feuilleton d'Artémis, op. cit.*, p. 95.

2 — *Ibid.*

main féminine ne saurait les dompter… », avait plastronné son frère, avant de devoir reconnaître, piteux devant les prouesses d'Artémis, que les déesses conduisent aussi bien que les dieux. Cette femme libre et rebelle, dont nous savourons toutes avec gourmandise la liberté, est pourtant restée bien longtemps dans l'ombre. Il suffit de comparer le nombre d'œuvres d'art qui la représentent avec celles qui ont Aphrodite pour modèle pour comprendre qu'au fil des siècles l'une avait réussi à occulter l'autre. Tellement plus séduisant, d'offrir un modèle de femme belle et désirable tout entière occupée par les manigances de l'amour, plutôt qu'une déesse ombrageuse et indomptable, qui plus est imperméable aux émois amoureux. Reste que dans le match Aphrodite-Artémis, le vent a tourné. Les petites filles d'aujourd'hui se rêvent bien plus en amazone des bois qu'en déesse à paillettes.

Pour autant, la déesse de la Beauté ne peut se résumer à cette aguicheuse maniérée, dont le stéréotype a longtemps arrangé un ordre établi.

Aphrodite revisitée

Reprenons depuis le début. Aphrodite est née d'une goutte de sang – ou de sperme, c'est selon – tombée dans l'océan, lorsqu'Ouranos s'est fait émasculer par son fils. Imaginez, sortant des flots, un coquillage porté par les

La déesse de la Beauté
ne peut se résumer
à cette aguicheuse
maniérée, dont
le stéréotype
a longtemps arrangé
un ordre établi.

vagues, et dans ce coquillage une femme d'une incroyable beauté. Elle est nue, juste enveloppée de ses longs cheveux parsemés de violettes. Ses yeux brillent comme des pierres précieuses. Elle est escortée par des dauphins, des tortues, une foule de poissons et d'oiseaux. Des colombes lui tendent une large ceinture dorée qu'elle noue à sa taille avant de poser le pied sur le sable. Cette ceinture, regardez-la bien, c'est elle qui a le pouvoir de faire tourner les têtes et de rendre les hommes fous amoureux. Et cette vamp antique ne perd jamais une occasion de s'en servir. Elle en use et en abuse même, jouant avec le cœur des hommes comme avec des osselets. Vaniteuse, orgueilleuse, persuadée d'être la plus belle de l'univers, ainsi nous est présentée Aphrodite. Quant aux femmes qui dédaignent l'amour, elle les punit, les persécute avec des raffinements de cruauté. C'est ainsi, par exemple, que pour se venger elle inspire un désir bestial pour un ours à une amie d'Artémis, une jeune nymphe nommée Polyphonté, qui avait eu le malheur de jurer ne jamais tomber en son pouvoir. Bref, en digne fille d'une mère ayant battu le pavé en Mai 68, je trouvais honnêtement cette déesse bien peu sympathique. Jusqu'à une visite, un matin, dans une classe de CM2 d'un quartier en réseau d'éducation prioritaire.

Ce jour-là, la cour de récréation était en ébullition. Ma venue déchaînait les passions, dans une école où mes feuilletons mythologiques étaient lus quotidiennement avec avidité. Chaque épisode donnait lieu à d'âpres discussions. Mon arrivée coïncidait avec la lecture d'un passage chargé en émotion. Héra, la sœur et femme de Zeus, venait de mettre au monde un enfant monstrueux. In utero, elle l'avait nommé Héphaïstos, « le Brillant », tant elle était sûre d'accoucher du plus beau bébé de l'univers. Seulement voilà, le nouveau-né ne ressemblait pas à l'enfant rêvé : bossu, boiteux, difforme, il était d'une laideur repoussante. Dans un accès de rage, la jeune maman l'avait balancé par la fenêtre. Héphaïstos avait chuté du haut de l'Olympe jusqu'au fond de la mer. Les écoliers en étaient choqués, bouleversés. Qui n'a jamais redouté dans son for intérieur de ne pas être l'enfant désiré par ses parents ? Mais dans les profondeurs marines, une nymphe attendrie avait recueilli le bébé rejeté. Elle s'appelait Thétis. C'est elle qui éleva le petit bossu en le couvrant d'amour. Héphaïstos grandit et devint le meilleur orfèvre du monde. Au point que son père et sa mère, émerveillés par les bijoux qui sortaient de ses mains, accueillirent de nouveau leur fils chez eux.

Nous en étions là. Nous parlons des adultes bienveillants qui, comme Thétis, peuvent suppléer les parents défaillants. J'en profite devant la classe pour évoquer le fait qu'on finit toujours par se faire reconnaître et aimer pour ce que l'on est et pas pour ce que les parents rêvent qu'on soit. Un élève poursuit la lecture. « Demande-moi ce que tu veux », dit Zeus. « C'est elle que je veux », répond Héphaïstos en désignant Aphrodite. Au fond de la classe, assises sur une table, les jambes pendant en rythme dans le vide, quatre petites d'origine africaine ne perdent pas une bribe du récit. Leurs bouches s'arrondissent de stupeur. Et Zeus répond : « Aphrodite sera ta femme, mon fils, puisque tu le désires. » « Hé, ça va pas ! Mariage forcé, là ! » hurle l'une des fillettes. Une autre grimpe debout sur la table et crie : « Ça se fait trop pas ! » Tandis que la troisième hoche la tête en *tchipant* vigoureusement. D'ordinaire, l'instituteur ne laisse pas cours à ce genre de débordements et interdit même ce claquement de langue sonore. Mais cette fois, vraiment, me confiera-t-il plus tard, le *tchip* était bienvenu. Ainsi Aphrodite était, elle aussi, une victime du patriarcat et ces fillettes des années 2000 ne s'y trompaient pas.

Je reconsidérai la déesse de la Beauté d'un regard désormais plus indulgent. Et même si, pour échapper à ce mari imposé, Aphrodite prit pour amant le dieu de l'Olympe le plus stupide de tous, Arès, le dieu de la Guerre, elle n'en exerça pas moins sa liberté pour échapper à cette union forcée. Je retrouve de nouveau ce point commun à toutes les déesses de la mythologie : elles ne se laissent pas facilement marcher sur les pieds et n'endossent jamais longtemps la position de victime.

Et le consentement ?

En reprenant les récits sous cet angle nouveau, d'autres mariages forcés surgissent. Le plus célèbre est celui de Thétis et Pelée. Pourtant, chanté et raconté des milliers de fois, cet épisode est resté fameux parce que c'est au cours de ce mariage que l'incident déclencheur de la guerre de Troie a eu lieu. Le consentement de Thétis, en revanche, ou plutôt son non-consentement, lui, a fait couler peu d'encre. Même si toute l'histoire commence par un puissant jet d'encre.

Caché derrière un buisson, le jeune Pélée n'en croit pas ses yeux. Une femme somptueuse, entièrement nue, vient de surgir de la mer. Elle chevauche un dauphin, poussant des rires éclatants de joie. Plus l'animal bondit haut, plus la fille rit fort. Ses cheveux mouillés claquent sur sa peau. Ses mains caressent le dauphin. Soudain elle se penche, s'agrippe à son dos, ne fait plus qu'un avec le cétacé qui plonge sous les vagues. À cet endroit, l'eau est si transparente que Pélée peut suivre leurs deux corps mêlés

Aphrodite était,
elle aussi,
une victime
du patriarcat
et les fillettes
d'aujourd'hui ne
s'y trompent pas.

glissant harmonieusement sous l'émeraude. L'angoisse lui serre la gorge : cette beauté va-t-elle disparaître au fond de l'océan, tel un mirage ? Si elle réapparaît, comment doit-il agir ? Car cette créature vient de lui être offerte en mariage par Zeus lui-même.

Les paroles de son professeur, le vieux centaure Chiron, lui trottent dans la tête : « Thétis est une nymphe marine, une Néréide. La particularité de ces déesses-là est l'incroyable rapidité avec laquelle elles se métamorphosent. Si tu ne veux pas qu'elle t'échappe, ne desserre jamais ton étreinte, quelle que soit la forme qu'elle revêtira. » Mais pourquoi Zeus l'a-t-il choisi lui, simple mortel, pour devenir l'époux de la Néréide ? Pélée ne sait pas, ne comprend pas ce qui lui arrive. Il ignore qu'une prophétie a prédit que le fils de Thétis deviendrait plus puissant que son père, calmant aussitôt les ardeurs de Poséidon et de Zeus qui lorgnaient avec concupiscence sur la nymphe. Héra, la protectrice de Thétis, redoutait plus que tout que son mari fasse de sa protégée une nouvelle maîtresse. Profitant de l'aubaine du sinistre présage, elle suggère à Zeus de marier Thétis à un mortel. Ainsi, aucun dieu ne prendra de risque... Zeus ayant accepté, le couple divin choisit alors le jeune Pélée, un beau et fier jeune homme élevé par le sage Chiron. Seulement voilà, la nymphe est horriblement vexée qu'on ne lui demande pas son avis. Pire encore, qu'on la déclasse en lui faisant épouser un humain. Elle quitte l'Olympe furieuse, bien décidée à ne jamais partager le lit d'un être qui va vieillir et mourir. Cependant, si elle semble résister au pouvoir absolu du couple divin, la légende montre qu'un autre choix se profile pour elle.

Sur la plage où Pélée guette, Thétis et son dauphin surgissent à nouveau des flots. L'animal la dépose doucement sur le sable avant de repartir au fond des mers. La nymphe secoue sa chevelure, projetant une myriade de gouttelettes brillantes sur sa peau, et se dirige vers l'intérieur de sa grotte. C'est le moment que choisit Pélée pour bondir sur elle. Surprise par l'agression, Thétis se débat. Et se transforme en un feu ardent. Malgré les brûlures, le jeune homme ne desserre pas sa prise. La nymphe se change alors en eau. Pélée suffoque, à moitié noyé, mais il tient bon. La voici alors tour à tour lion féroce, toutes griffes dehors, puis serpent venimeux, crocs en avant. Coups de griffes et morsures, rien ne fait lâcher prise au garçon. Thétis se métamorphose alors en une seiche géante. L'animal gluant glisse entre les mains de Pélée, ses tentacules l'enserrent tandis qu'un gigantesque jet d'encre noire l'aveugle. Le jeune homme est au bord de renoncer mais il sent que la seiche se débat un peu moins vivement. Avec l'énergie du désespoir, il s'accroche. Et voilà que

Ce qui se joue
dans le mariage
de Thétis et Pélée,
c’est bien le mélange
de classes sociales
et d’origines,
le couple mixte.

Thétis reprend sa forme première. Lasse de se défendre, ou bien séduite par l'acharnement de Pélée, on ne sait. Toujours est-il qu'elle cède à son agresseur. Après l'avoir débarrassé de son encre gluante en le plongeant dans la mer, elle dévisage le jeune homme et le trouve à son goût.

Bonne joueuse ? Peut-être. Plus sûrement la nymphe sait-elle qu'on n'échappe pas au destin choisi pour vous par le couple divin. Dans ce mythe, Thétis se laisse finalement tenter par le beau Pélée. La Néréide trouve cet humain séduisant, et puisqu'elle doit épouser un mortel, autant qu'il lui plaise... Ce récit qui commence par une tentative de viol se termine donc en nuit d'amour. De quoi laisser un vrai malaise.

« Une querelle de bonnes femmes », vraiment ?

Si on connaît assez peu le début de cette histoire, c'est parce que tous les regards sont restés focalisés sur la suite, l'épisode de leur mariage. Peut-être vous souvenez-vous qu'une « querelle de bonnes femmes » va déclencher l'une des guerres les plus longues, les plus meurtrières et les plus célèbres de l'histoire du monde, la guerre de Troie ? Eh bien, cette dispute a eu lieu au cours du mariage de Thétis et Pélée, ce qui est loin d'être anodin.

Imaginez un somptueux banquet en plein air, sur le mont Pélion. Rien ne manque à la noce fastueuse. Tous les dieux ont été invités, ceux de l'Olympe bien sûr, revêtus de leurs tenues étincelantes, mais une foule d'autres divinités de moindre rang sont là, histoire de soutenir et d'encourager l'une des leurs qui s'allie à un mortel. La famille et les amis du marié sont nombreux également. Impressionnés de fréquenter autant de nobles personnages, ils se glissent, timides, parmi les tables. Les invités les plus bruyants sont les centaures de la forêt, conviés par le centaure Chiron en tant que père adoptif de Pélée. Ils poussent des cris, chantent, agitent des branches de sapin et glissent des colliers de fleurs au cou des convives. D'un côté le bling-bling des dieux, qui toisent et pavoisent, de l'autre l'exubérance primitive des centaures, rustres sans éducation ni manières, et au milieu le commun des mortels qui ne sait où donner de la tête...

Il ne faut pas chercher loin pour transposer à l'ère moderne. Ce qui se joue dans ce mariage antique, c'est bien le mélange de classes sociales et d'origines, le couple mixte. Est-il possible d'aimer quelqu'un qui n'est pas issu de notre monde ? Est-ce souhaitable, autorisé et même possible ? Voilà toutes les questions que soulève le mariage de Thétis et Pélée. Et ce n'est pas un hasard si la querelle explose justement là.

En effet, une personne a été oubliée, une invitée non désirée qui se présente de son propre chef : Éris, la déesse de la Discorde. On la représente traditionnellement sous les traits d'une vieille femme, une simili-sorcière à laquelle nul ne prête attention. Et pourtant elle est là, très fâchée d'avoir été exclue de la fête. Les Grecs de l'Antiquité tiennent-ils à nous faire savoir qu'un mariage entre deux êtres issus de milieux si différents ne peut avoir lieu sans la présence de la Discorde ? Toujours est-il que la vieille se venge. Elle fait rouler au sol une pomme d'or sur laquelle est gravé « À la plus belle ! » Il n'en fallait pas plus pour qu'un gigantesque crêpage de chignons s'ensuive. Héra, Athéna et Aphrodite en revendiquent toutes les trois la propriété. L'atmosphère devient électrique, les voix des déesses enflent, criardes, cacophoniques. Ah, quand il s'agit de décrire « l'hystérie » et la rivalité féminines, les auteurs s'en donnent à cœur joie !

Mais tandis que les trois déesses transformées en perruches se prennent le bec pour savoir qui est la plus belle, un orage s'amoncelle sous les paupières baissées de la mariée. Elle retient avec peine ses larmes. Ce jour-là est son jour à elle ! Et son mari aurait dû bondir sur cette pomme en or, l'arracher aux mains des vaniteuses déesses pour la lui remettre. Voilà un geste qui aurait du panache. Au lieu de cela, ce petit mortel tremblote de peur, effrayé par la dispute des divinités. Thétis est écœurée, déçue : voilà ce qui arrive quand on épouse un être inférieur...

Pour clore l'incident, Zeus, mal à l'aise, envoie Hermès chercher un arbitre de la beauté, un spécialiste pour trancher la querelle ; ce sera un beau berger troyen nommé Pâris. Mais pendant ce temps, Thétis et Pélée ont dressé un mur d'incompréhension entre eux :

« Vous êtes trop mous, trop bêtes, vous les hommes !

– Vous êtes trop vaniteux, orgueilleux, vous les dieux ! »

Ce couple mixte-là n'est pas sorti de l'auberge... Tout de suite après la naissance de leur premier enfant, Achille, le ménage se déchire. La Néréide tente de faire passer son fils de son côté, celui des immortels. Elle veut à tout prix qu'il n'hérite pas de cette tare des humains à ses yeux : la mort. En faisant cela, elle veut tout simplement gommer le père. Mais l'histoire raconte que Thétis ne peut aller au bout de son désir. Pour le rendre invulnérable, elle trempe l'enfant dans le Styx, le fleuve des Enfers, qui rend immortel. Cependant, le père surgit et, la voyant immerger le bébé, pense qu'elle cherche à le noyer. Il le lui arrache des mains. Thétis tenait son fils immergé par la cheville : ainsi, une partie de son corps n'a pas pu tremper dans l'eau qui sauve. Le talon restera à jamais la fragilité d'Achille et son lien paternel. Preuve qu'on ne peut pas complètement effacer le père, et c'est heureux. Curieusement, dans ce mythe, de nouveau, le père symbolise la mort. Thétis sait qu'elle a perdu. Elle qui devine l'avenir a appris que son fils sera frappé au talon et périra sous les murailles de Troie. Elle ne le supporte pas. Pas plus qu'elle n'accepte son échec. Version moderne du divorce, c'est Thétis qui part, laissant l'enfant à Pélée. La Néréide choisit la liberté. Pélée, désarmé, désespéré, ne sait que faire de ce bébé. Il en confie l'éducation à celui qui l'avait lui-même élevé, le sage centaure Chiron.

D'autres couples mixtes entre humains et dieux traversent les histoires mythologiques. Lorsqu'il s'agit d'une déesse s'unissant à un mortel, ils échouent toujours dramatiquement. Comme si cette alliance était totalement prohibée. Ainsi, par exemple, la seule véritable passion amoureuse d'Aphrodite sera pour un berger nommé Anchise. Mais lorsque celui-ci se vantera étourdiment de partager le lit de la déesse de la Beauté, il sera frappé par un terrible châtiment de Zeus en personne, qui le laissera bossu et boiteux pour toujours. Et Aphrodite le quittera. Non, décidément, ils ne sont pas faits l'un pour l'autre. Tiens, tiens, et pourquoi donc, lorsqu'un dieu s'unit à une mortelle, en général le couple résiste-t-il? Ou tout du moins jusqu'à ce que le dieu lui-même mette un point final à l'idylle. En tout état de cause, dans ce sens-là, les dieux de l'Olympe ne s'en mêlent pas...

Si on veut se consoler de l'échec des parents d'Achille, n'oublions pas qu'au départ Thétis s'était vu imposer de force son époux. Elle, la sublime Néréide, aura finalement repris en main son destin. Comme Aphrodite, mariée de force, mais prompte à vivre en déesse libre de son corps et de son cœur. Les déesses ont une force de résilience, une capacité à résister au destin qu'on leur trace qui nous enrichit. Et par-dessus tout, elles nous indiquent toutes la même direction : celle de la liberté.

12.
Artémis la rebelle ancêtre de l'écoféminisme

« Choisissez une déesse ou une héroïne comme personnage principal d'un de vos feuilletons mythologiques ! » Cette demande conjointe de mon public, des enseignants, des libraires et de mes éditrices est devenue, au fil des ans, de plus en plus pressante, se transformant presque en une injonction. J'avais beau arguer de la magnifique place que j'avais faite aux femmes dans les trois premiers livres, soulignant que sans Ariane, Thésée serait encore en train de croupir au fond du labyrinthe, ou bien que sans Pénélope, il n'y aurait pas d'odyssée d'Ulysse, de fait, il devenait urgent que j'opte pour un fil conducteur tenu par un personnage féminin. Pas pour me soumettre à un quelconque diktat, mais par une nécessité intérieure profonde : l'impérieux besoin d'offrir aux filles et aux garçons d'aujourd'hui des figures de projection qui les aident dans ce monde où la cause des femmes n'est jamais gagnée. Choisir une héroïne était ma manière de répondre à tous ceux qui ensevelissent les femmes sous des voiles, leur interdisent de travailler ou d'aller à l'école, les traitent comme des esclaves, mais aussi de clouer le bec à tous ceux qui se croient supérieurs parce qu'ils ont un sexe pendouillant entre les jambes et du poil au menton. Construire une autre représentation du rôle de la femme, dès l'Antiquité. Tendre le miroir d'une féminité rêvée, qui fascine et émerveille.

Des modèles de femmes puissantes

À ma grande satisfaction, je n'avais que l'embarras du choix parmi toutes ces femmes fortes et puissantes. Allais-je opter pour celle qui, à l'époque de mes recherches, était sans conteste ma favorite, à savoir Athéna ? Une vraie tête, noblesse de caractère, hauteur de vue, courage à revendre, ne rechignant ni au coup de poing – elle n'est pas déesse de la Guerre par hasard – ni aux disputes – celles avec Héra sa belle-mère sont mémorables – mais surtout fascinée par la connaissance, les sciences, la culture… En prime, une fille à papa qui ose résister à son père. Bref, chacun attendait la déesse de la Philosophie aux commandes des cent épisodes en gestation. J'aurais pu. Je pourrais.

Mais je rencontrai alors une autre déesse, plus secrète, plus méconnue, une déesse idéale pour incarner la féminité dont je rêvais pour les fillettes et les adolescentes des années 2000. Ce que je n'avais absolument pas imaginé, c'est que peu de temps après mon choix démarrerait la grande vague #MeToo, celle qui ferait se redresser les têtes et ouvrirait la voie à un renouveau des combats féministes. J'étais loin de me douter à quel point, en choisissant ce personnage de déesse libre et rebelle, forte et sensible, j'allais faire mouche pour les adultes aussi. Car cette déesse terriblement attachante se bat pour nous toutes. Artémis est la plus fascinante figure possible d'une féminité assumée, sans complexe et sans modèle, qui s'incarne dans les mots « liberté », « responsabilité » et « sororité ».

La figure d'Artémis

Plus connue en France sous le nom de Diane, que la mythologie romaine lui a attribué, elle est parvenue jusqu'à nous à travers des sculptures, des peintures la représentant avec son arc, ses flèches, souvent accompagnée d'une biche, son animal fétiche. Dans mon esprit, elle était avant tout la déesse de la Chasse, ce qui ne me plaisait guère. D'autant que j'y voyais une incohérence avec son autre fonction de protectrice de la nature et des

Artémis est la plus fascinante figure possible d'une féminité assumée, sans complexe et sans modèle, qui s'incarne dans les mots « liberté », « responsabilité » et « sororité ».

animaux. Je sais bien que les mythes ne sont avares ni de contradictions ni de paradoxes. Néanmoins, lorsque l'on creuse un peu, une logique sous-tend souvent ces apparentes absurdités. C'est le cas pour Artémis. En réalité, la chasseresse est exempte de cruauté envers les animaux. Mieux encore, elle plaide pour une chasse raisonnée. Ou plutôt même l'impose. Elle se veut garante d'une forme d'équilibre de la nature et exige le respect de règles très strictes concernant la chasse : on ne tue pas les bébés animaux, ni leurs mères ; on ne tue pas pour le plaisir de tuer, on garde la mesure... Et ces principes, qu'elle s'applique bien sûr à elle-même, concernent aussi sa remuante famille de l'Olympe. En d'autres termes, personne ne doit faire violence à la nature, pas même les dieux, au risque de provoquer la colère d'Artémis.

Préserver les espaces et les espèces sauvages sans jamais les dominer, tel est le credo de cette déesse qui préfère courir les bois plutôt que le palais doré de son père. Mais elle double cette mission-là d'une autre, tout aussi fondamentale, qu'on ignore souvent : Artémis est chargée des naissances, ainsi que d'accompagner les jeunes jusqu'à l'âge adulte. C'est elle l'éducatrice, qui enseigne à chacun et à chacune de prendre en main son destin et de choisir librement sa manière d'être une femme ou un homme. Elle vit entourée par une bande de jeunes filles, dans cette forêt qui est son royaume, et leur inculque avant tout de décider librement leur manière de devenir des femmes, exigeant seulement le respect d'une absolue chasteté, les plaçant de facto à l'abri de toutes contraintes des hommes. Ne jamais domestiquer la nature, ne jamais se soumettre à la domination masculine : avec ces deux principes, la sauvage Artémis est l'incarnation parfaite de ce que l'on nomme aujourd'hui l'écoféminisme, cette alliance vertueuse de l'écologie et du féminisme que la déesse porte en elle. Au point d'ailleurs que, lorsque *Le Feuilleton d'Artémis* est paru, en mai 2019, certains m'ont suspectée de vouloir surfer sur la vague à la mode, me reprochant d'« en faire trop », me soupçonnant même d'en avoir rajouté dans l'esprit #MeToo pour coller à l'air du temps ! De quoi me faire vraiment sourire. Car tout ce combat, dans le mythe d'Artémis, est déjà là.

Sa vie commence par une histoire fabuleuse et terriblement contemporaine. Une jeune femme, séduite par un homme marié, se retrouve enceinte. Le ressentiment à son égard de l'épouse légitime, occupant une position sociale bien supérieure à la sienne, est tel que cette dernière interdit à quiconque de l'aider. Et son amant, par manque de courage, se met aux abonnés absents. Seule et misérable, la future mère finit par accoucher d'une petite fille. C'est

Ne jamais
domestiquer
la nature, ne jamais
se soumettre
à la domination
masculine : avec
ces deux principes,
la sauvage Artémis
est l'incarnation
parfaite de ce que l'on
nomme aujourd'hui
l'écoféminisme.

ici que l'on bascule une première fois dans un imaginaire fabuleux. En effet, cette histoire se passe au pays des dieux, en ces temps mystérieux où tout est possible. La mère est une nymphe, nommée Léto. Et, vous l'aviez deviné, la femme trompée, c'est Héra, tandis que l'amant lâche et absent n'est autre que Zeus. Léto a trouvé refuge sur une île déserte pour accoucher. Huit jours et huit nuits plus tard, le bébé n'est toujours pas né. Léto supplie alors les déesses de l'Olympe de faire venir auprès d'elle Ilithyie, la déesse des accouchements, pour l'aider à enfanter. Les déesses – solidarité féminine alliée à la détestation d'Héra – interviennent et conduisent la déesse des Naissances à son chevet. Le bébé naît enfin, à la lumière d'une lune bienveillante. Lorsque l'enfant paraît, Léto la nomme Artémis. Mais voilà que tout à coup un autre enfant s'agite dans son ventre, réclamant lui aussi de voir le jour ! Or les déesses sont déjà toutes reparties à leurs occupations... Léto est seule avec Artémis. C'est elle, la petite fille d'un jour à peine, qui va l'aider à mettre au monde son frère jumeau. Apollon jaillit du ventre de sa mère sous les rayons d'un soleil éclatant. Et déjà, la sœur prend en charge le frère...

De ce premier épisode fondateur, Artémis héritera de la mission de déesse des Naissances, à la place d'Ilithyie. Peu de temps après, leur père se pointe. La légende raconte avec force détails comment il couvre de cadeaux son fils, lui offrant notamment un arc et des flèches en or, un char, et lui attribuant de nombreuses missions valorisantes. Puis il se tourne vers sa fille pour savoir ce qui lui ferait plaisir. Artémis réclame les mêmes présents que son frère. Zeus, un peu surpris, n'a pas le temps de la satisfaire : il vient d'entendre la voix de sa femme et s'échappe aussitôt, en promettant de revenir bientôt. Promesse non tenue. Zeus s'est transformé en courant d'air pour longtemps. Apollon a tout eu, Artémis rien. Va-t-elle se plaindre ? Geindre que non, c'est trop injuste ? Que nenni, la déesse n'a pas un tempérament de Calimero, j'adore ça ! Elle attend un peu. Puis, voyant que son père ne revient pas, elle décide d'aller chercher elle-même ce qu'il lui faut.

Voici Artémis partie chez les impressionnants Cyclopes pour obtenir d'eux qu'ils lui forgent un arc, des flèches et des rênes en argent. Elle n'a pas froid aux yeux, la gamine ! C'est qu'ils sont terriblement effrayants, ces géants à l'œil unique au milieu du front. S'ils ont installé leur forge dans le ventre d'une montagne – justifiant au passage l'existence des volcans –, Artémis, haute comme trois pommes mais terriblement volontaire, est bien décidée à obtenir d'eux les armes de ses rêves. Ils grognent en la voyant surgir. Mais la petite déesse, même pas peur, leur ordonne de lui obéir, et que ça saute ! Aussi incroyable que cela paraisse, les monstrueux bonshommes s'exécutent immédiatement. Ici intervient l'un des épisodes que certains me soupçonnent d'avoir imaginé de toutes pièces.

Tandis que les Cyclopes sont à l'œuvre pour forger le cadeau dont rêve Artémis, l'un d'entre eux s'approche d'elle. C'est Brontès. Il installe gentiment la fillette sur ses genoux et commence à jouer avec elle. Sa grosse main poilue caresse ses boucles, la taquine, la chatouille. Au début, la petite déesse n'ose rien dire, parce que Brontès est si gentil avec elle. Il s'apprête même à lui offrir ce que son père ne lui accorde pas. Mais bientôt la main du géant se fait insistante, gênante. C'est là qu'elle réagit fermement. Elle attrape une grosse touffe de poils sur la poitrine du cyclope et se dégage de son emprise en la lui arrachant d'un coup sec. Ce « non » crié haut et fort par une enfant pour stopper net les tentatives malsaines d'un adulte, je ne l'ai pas inventé. Contrairement à de nombreux clichés, auxquels je souscrivais allègrement il y a peu, la pédophilie n'était pas autorisée durant l'Antiquité. À cet égard, la réaction prêtée à la petite Artémis est sans appel. « Comme ses cajoleries lui étaient désagréables, elle lui arracha une touffe de poils sur la poitrine et jusqu'à sa mort il y conserva une plaque où la peau était à découvert; il donnait l'impression d'avoir la gale », rapporte Robert Graves, avant d'ajouter, à la suite du poète Callimaque,

« lorsqu'une petite fille est désobéissante, sa mère la menace de Brontès, Argès ou Stéropès[1] ».

Je voudrais m'arrêter encore un instant sur cette petite scène. Lorsque j'en ai découvert l'existence, une image enfouie au fond de ma mémoire a resurgi. D'une incroyable netteté. Lorsque j'étais jeune journaliste, j'avais couvert pour l'hebdomadaire *L'Événement du Jeudi* un procès d'assises très médiatisé, celui des assassins de la petite Céline J. Au moment du procès, on parle *des* assassins au pluriel parce que la justice est persuadée que la fillette de 7 ans, sauvagement violée et tuée dans le paisible village de La Motte-du-Caire, dans les Alpes-de-Haute-Provence, a été victime de deux marginaux. L'un d'entre eux, Didier Gentil, un ouvrier agricole qui traîne dans la région, a avoué, incriminant Richard Roman, le jeune homme qui l'héberge, surnommé « l'Indien ». Lui, c'est l'intello en rupture de société, un marginal doux rêveur qui vit pieds nus sous un tipi. Ce dernier nie toute implication. La famille de l'enfant, murée dans sa douleur, a absolument besoin de désigner Roman comme instigateur du crime, de se persuader qu'il a tout prémédité. De mon côté, je fais partie des très rares journalistes qui doutent vraiment de sa culpabilité. Quelque chose cloche dans cette histoire.

---

1 — *Les Mythes grecs*, de Robert Graves, *op. cit.*, p. 96.

Ce « non » crié
haut et fort
par une enfant
pour stopper net
les tentatives
malsaines
d'un adulte,
je ne l'ai pas
inventé.

Aussi lorsque, coup de théâtre, qui conduit à l'acquittement de Roman, le dernier jour du procès, Gentil avoue à la cour qu'il a tout inventé, qu'il a agi seul et qu'en réalité l'Indien est innocent, je ne suis pas surprise. Pourquoi ? De multiples raisons, et cette intime conviction qui se faufile et s'enracine dans un ou deux détails. Le soir du meurtre, la fillette, dont le papa tenait un café, a joué longtemps assise sur les genoux d'un client. C'était Didier Gentil. À ce moment-là, tous les adultes présents voient l'adulte et l'enfant ensemble, et personne ne dit mot. Je me souviens de cette pesanteur qui m'a gagnée en découvrant la scène : ainsi donc cet homme fruste, au regard fuyant, avait pu câliner impunément sur ses genoux cette fillette sans que personne n'intervienne ? Et elle ne s'était pas défendue. Pourquoi aurait-elle dû se méfier, si les autres adultes qui l'entouraient laissaient faire ? Écrasant remords de ceux qui ont vu l'homme avec l'enfant sans intervenir. Nous sommes en 1988, on n'apprend pas encore aux enfants à ne pas se laisser tripoter par les grands. D'un côté le calvaire de la petite Céline, de l'autre une petite Artémis qui se défend et inculque ainsi un « bas les pattes » de bon aloi. Ces deux images se superposent, pour moi. Pas de doute, on ne perd rien à suivre la voie des déesses de l'Antiquité, bien plus modernes que nous sous bien des aspects. Encore moins une rebelle comme la déesse de la Nature.

Artémis, une vierge à l'abri des hommes

Lorsque son père finit par s'intéresser à elle, Artémis a déjà ses armes en main, son char avec ses biches et un caractère d'acier trempé. Zeus ne peut que s'incliner devant cette personnalité décidée et se dit prêt à lui accorder tout ce qu'elle réclame. La voilà qui lui demande de rester éternellement vierge. Magnifique provocation d'une jeune fille née d'une relation hors mariage, qui a découvert la vie à travers les larmes et la douleur d'une mère abandonnée, persécutée, et l'abandon d'un père. Elle n'a qu'une piètre opinion des hommes et exige de vivre à l'abri de leurs nuisances, précisément auprès de celui qui incarne toutes les dérives et lâchetés masculines. Zeus manque-t-il à ce point de subtilité pour ne pas comprendre le message qui lui est adressé ? Ou bien est-il trop mal à l'aise et feint-il de ne pas comprendre ? Toujours est-il que le dieu des dieux s'empresse d'accepter. Voici donc Artémis vouée à la virginité.

Ce qui ne signifie pas à l'absence d'amour, ni de vie sexuelle. Si les auteurs de l'Antiquité ne s'appesantissent pas sur sa vie amoureuse, ils nous donnent néanmoins quelques précieux indices, notamment le poète Ovide. On a vu qu'elle vit et court les bois avec une bande de jeunes filles et de nymphes, toutes aussi libres qu'elle, qui n'ont qu'une seule obligation à respecter : rester vierges. Elle veut les protéger, leur apprendre à écouter leur nature sauvage, à ne jamais devenir des proies. On devine sans peine que certaines partagent son cœur et sa couche. Preuve en est la terrible histoire qui arrive à l'une d'entre elles, nommée Callisto.

Elle était très belle, Callisto, et terriblement ingénue. La jeune fille était l'une des nymphes préférées d'Artémis, jusqu'au jour où la déesse découvre, horrifiée, qu'elle est enceinte. Une terrible colère s'empare d'elle. Avec quel homme Callisto a-t-elle couché, rompant ainsi son vœu de virginité ? La fautive, désemparée, proteste de son innocence et lui répond que c'est de sa faute, que c'est elle qui s'est glissée dans son lit pour l'aimer. La colère de la déesse ne s'apaise pas devant la naïveté de Callisto. Manifestement, la nymphe a été abusée et n'a pas reconnu celui qui s'est métamorphosé en Artémis pour mieux s'unir à elle. Elle l'exclut de sa bande. Callisto, chassée, part accoucher seule dans la montagne.

Son violeur était naturellement un dieu, en l'occurrence le plus coureur de tous, Zeus lui-même. Et voilà qu'Héra, furieuse, s'en mêle et décide de se venger sur la pauvre jeune fille abusée en la transformant en ourse ! On dit que des années plus tard le fils de Callisto, devenu adulte et parti chasser, se trouva nez à nez avec une ourse.

Au moment où, arc bandé, sa flèche s'apprête à tuer sa mère sans le savoir, Zeus intervient et le transforme lui aussi en ours. Puis il place la mère et le fils parmi les étoiles dans le ciel. Quand vous lèverez le nez une nuit d'été pour observer la Grande Ourse et la Petite Ourse, souvenez-vous qu'ils sont accrochés dans le ciel en souvenir d'un viol.

Mais revenons à Artémis, car les mythes sont nombreux autour d'elle qui interrogent la part sauvage de la nature féminine. Ou plus exactement attribuée aux femmes qui n'ont pas encore connu d'homme. L'histoire qui en rend compte de la manière la plus évidente est celle arrivée à une autre de ses compagnes, la nymphe Polyphonté. Celle-ci copiait en tout point la divine Artémis, chassant, courant les bois sans souci de coiffure, ni parure, belle naturellement, sans artifice. Une de ces nymphes terriblement modernes, ressemblant à de nombreuses jeunes filles d'aujourd'hui. Habile dans toutes les activités physiques, agile à grimper aux arbres, douée pour atteindre sa cible avec sa flèche, même un oiseau en plein vol, capable de lancer haut son javelot ou de galoper à fond de train sur son cheval, cette sportive accomplie ne se prive pas de rejeter en bloc toute tentative de séduction, et clame haut et fort que celui qui lui arrachera un baiser n'est pas encore né. Bref, elle affiche son mépris pour tout ce qui constitue le fonds de commerce de la déesse Aphrodite. Celle-ci, vite susceptible, décide de venger cet affront en lui inspirant un désir bestial… pour un ours. La nymphe impudente va voir ce qui lui en coûte, de se moquer de la déesse de l'Amour. Même chez les Grecs, la zoophilie n'a pas bonne presse ! Lorsqu'Artémis découvre son amie en train de copuler avec l'ours, elle est horrifiée et, dans un accès de rage et de dégoût, la métamorphose en ourse elle aussi. Ainsi, la belle insolente passera le reste de sa vie à quatre pattes.

Éloignons-nous un instant de ces histoires imaginaires où rôde la sauvagerie de la vierge : on découvre que, dans les rites religieux entourant la déesse Artémis, il y avait déjà la présence des ourses et de l'animalité. De quelle manière ? Dans plusieurs sanctuaires dédiés à Artémis, les archéologues ont mis au jour des références à de curieuses danses menées par des fillettes âgées de 5 à 10 ans. Celles-ci, nécessairement prépubères, se livraient à des sarabandes endiablées affublées d'une peau d'ours. L'interprétation de ce rituel, nommé l'*arkteia*, suscite encore de vifs débats. Certains expliquent qu'il s'agissait d'expulser symboliquement l'animalité du corps des fillettes avant que le mariage ne les dompte. D'autres se réfèrent au contraire au besoin d'apaiser les colères d'Artémis lorsque la nature n'était pas écoutée, ni respectée. Tous avouent l'obscurité de telles pratiques, mais font le lien entre le féminin et l'animal. Pour ma part, j'ai du mal à imaginer qu'Artémis, au fond, ne pose pas un regard bienveillant et fier sur la part de sauvagerie tapie en chacune de nous. Et n'attribue pas la mauvaise part – la bestialité – aux hommes et à leur concupiscence. Preuve en est, d'ailleurs, le sort terrible qu'elle a réservé à un jeune freluquet nommé Actéon.

Son corps lui appartient

Celui-ci faisait partie de la troupe de fils de rois confiés aux bons soins du centaure Chiron, sur le mont Pélion. L'éducation qu'il recevait alors ne suffisait pas à modérer ses ardeurs, ni ses ambitions. C'était un garçon vif et impétueux, désireux de surpasser tout le monde et d'atteindre ce que les autres ne parvenaient pas à obtenir. Certains de ses camarades avaient bien essayé de conter fleurette aux compagnes d'Artémis, mais tous s'étaient vite arrêtés, conscients qu'ils ne parviendraient pas à leurs fins et qu'il n'était pas prudent de venir braver les interdits de la déesse. Un seul ne renonçait pas, Actéon. Mieux encore, cet entêté n'avait pas jeté son dévolu sur n'importe quelle fille de cette bande : il s'était amouraché d'Artémis elle-même !

Un jour, alors que la déesse et sa troupe étaient parties dans la forêt, elles s'arrêtèrent sous une cascade pour se rafraîchir. Actéon, sous le prétexte d'une partie de chasse avec ses chiens, les avait suivies. Certains disent qu'il est tombé sur elles fortuitement, ce qui ne tient guère debout, car tous les autres élèves de Chiron évitaient soigneusement les lieux fréquentés par les filles. Le fait est qu'il n'en crut pas ses yeux lorsque, tapi derrière un rocher, il vit Artémis se déshabiller. Il eut le temps d'observer ce corps parfait et cette beauté divine tout son saoul. Mais le voyeur fut démasqué par un caillou qui glissa dans le bassin. Artémis, folle de rage d'avoir été aperçue nue à son insu, qui plus est par un humain, le transforma aussitôt en cerf pour le punir. Et lorsque les chiens de chasse du jeune homme découvrirent le cerf, ils ne reconnurent pas leur maître. Le pauvre Actéon fut dévoré sauvagement par sa propre meute.

Cruauté, disent les uns. Pour les autres, dont je fais partie, il s'agit bien d'un sévère avertissement adressé aux hommes : le corps des femmes leur appartient, et pas touche à celui qui voudrait se l'approprier sans leur accord. J'avoue que ce mythe fait du bien, dans une galaxie où abondent les histoires de viols et les mariages forcés. Artémis incarne la figure même de la femme qui ne deviendra jamais une proie pour un homme. Une femme qui résiste à la domination masculine et que l'on vénère pour cela. Car les cultes d'Artémis étaient répandus dans toute la Grèce antique. Oui, la déesse était vénérée partout.

La liberté de choisir

Est-ce à dire que la déesse vierge et fière de l'être n'aurait que méfiance pour la gent masculine? Pas si simple. En réalité, Artémis veut choisir librement qui elle fréquente, femme ou homme. Et même pour elle, cette liberté de choix est un combat.

Avril 2022, Garges-lès-Gonesse. Wassila, 19 ans, d'origine algérienne, est amoureuse de Brandon, 19 ans aussi, métis indo-ivoirien. Ils se fréquentent depuis plusieurs années, projettent de se marier. Mais le frère aîné de la jeune fille voit cet amour comme une mésalliance. Il décide d'y mettre fin. Le couple a rendez-vous dans un centre commercial. Le frère surgit et plonge un couteau dans le cœur de Brandon, le tuant sur le coup.

En découvrant par hasard ce fait divers, je n'ai pu m'empêcher de penser à une nouvelle que j'ai écrite, intitulée « Mon pire cauchemar »[2]. Amèle et Élie sont fous amoureux, mais elle est arabe et lui juif. Ils vivent leur passion clandestinement, jusqu'au jour où Farid, le frère d'Amèle, la découvre et décide de régler son compte au jeune homme, couteau à la main. Mais j'ai également aussitôt pensé à Artémis. On ignore souvent qu'elle aussi

2 — *Non à l'intolérance*, collectif, Actes Sud jeunesse, 2015.

Artémis veut
choisir librement
qui elle fréquente,
femme ou homme.
Et même pour
elle, cette liberté
de choix est
un combat.

vécut une histoire d'amour contrariée. Une histoire qui se termina dramatiquement, à la suite de l'intervention néfaste de son frère.

« C'était une sorte de géant. Il avait un corps musclé aux proportions magnifiques, des yeux sombres surmontés d'épais sourcils, une barbe longue et touffue qui lui dévorait le visage. Un bandeau noir ceignait son front. Ses habits aussi étaient noirs. On devinait la force de ses doigts et la puissance de son poing en regardant ses immenses mains[3]. » Le jour où Artémis rencontre Orion, un chasseur aussi brillant qu'elle, un sentiment inconnu l'envahit. L'homme lui plaît. Infiniment. Sa voix grave et douce, son odeur musquée et boisée, son regard vif… Lorsqu'il lui parle de sa relation avec Aurore, la belle déesse aux doigts de rose et aux longs cheveux blonds, la morsure de la jalousie ravage Artémis. Pas de doute, elle est tombée amoureuse ! Et comme elle ne déplaît pas non plus au chasseur, une idylle démarre.

Mais voilà qu'Apollon, son frère, passe par là sur son char rutilant lancé en plein ciel. De là-haut, il aperçoit le géant contant fleurette à Artémis et cela ne lui plaît pas du tout. Sa sœur n'a-t-elle pas juré de rester éternellement vierge ? Il se sent investi d'un devoir : celui de l'aider à

---

3 — *Le Feuilleton d'Artémis*, *op. cit.*, p. 172.

respecter son vœu. Ce qu'il ne dit pas, mais qui est transparent à la lecture de ses actes, c'est qu'il est prêt à tout pour éviter que sa déesse de sœur ne fréquente un humain. On retrouve là ce thème du mariage mixte réprimé, lorsqu'il s'agit de déesse et d'homme. Bref, Apollon ne perd pas une minute. Il file chez son arrière-grand-mère Gaïa, la déesse Terre. Inventant un énorme bobard, comme seuls les dieux en ont le secret, il persuade Gaïa qu'elle doit châtier Orion. Celle-ci envoie un scorpion géant pour attaquer le pauvre chasseur, alors qu'il se trouve seul sur une plage. Orion échappe in extremis à la monstrueuse bête en plongeant dans la mer. C'est alors qu'Apollon, qui a peaufiné un stratagème diabolique, court voir Artémis. Puis, lui désignant depuis le ciel un petit point noir qui nage dans l'océan, il lui certifie qu'il s'agit d'un homme ayant violé l'une de ses nymphes. La déesse est trop loin pour distinguer les traits du nageur. Apollon la met au défi de pouvoir atteindre le violeur d'une flèche. Piquée au vif, elle bande son arc et naturellement touche sa cible en pleine tête.

Imaginez sa stupeur et sa douleur, en découvrant que le cadavre qui flotte est celui de son premier amour... Mais lorsque son frère a l'impudence de s'approcher pour la consoler, elle déverse sur lui un torrent de colère : « "Mais qui es-tu pour décider de ma vie à ma place ? Tu sais mieux que moi ce qui est bon pour moi, c'est ça ? Pour qui te prends-tu ? Depuis quand un frère organise-t-il la vie de sa sœur ? Jamais, tu m'entends, jamais tu n'aurais dû te mêler de mes affaires ! Je suis assez grande pour savoir avec qui je parle, avec qui je me promène, avec qui je chasse !" Elle hurlait maintenant. Toute sa douleur se transformait en rage : "Et si j'avais aimé Orion, oui, moi, aimé Orion ; de quel droit m'en empêcher ? Qui t'a permis de me contraindre ainsi ? Je suis libre, libre comme l'air. Je tombe amoureuse, si j'en ai envie, de qui je veux, exactement comme toi mon frère ! Va-t'en et ne t'avise plus jamais de me dicter ma conduite"[4] ! »

Les yeux brillants des adolescentes qui écoutent cette tirade en disent long sur leur adhésion à cette déclaration. Cet épisode de la tumultueuse vie de la déesse résonne douloureusement dans une époque où, encore aujourd'hui, de nombreuses jeunes filles sont étroitement contrôlées par leur famille, empêchées de fréquenter qui elles veulent, surveillées par leurs grands frères, mariées de force par leurs parents. Mais la révolte d'Artémis trace la voie.

Après la mort de son amoureux tué par son frère, Wassila a rompu avec sa famille et a rejoint l'association

---

4 — *Le Feuilleton d'Artémis*, *op. cit.*, p. 179.

Cœur de Brandon, créée par la mère de son fiancé pour dénoncer ces discriminations et ces pratiques odieuses.

Artémis, déesse libre et rebelle, capable de prendre en main son destin, d'aider les femmes à mettre au monde leurs bébés, d'accompagner les jeunes sur le chemin de leur émancipation, de faire corps avec la nature vierge et de la protéger… Artémis la sauvage, ancêtre de l'écoféminisme, adepte d'une sororité sans faille, est la déesse la plus actuelle du panthéon des divinités grecques.

13.
Les jumelles qui rejettent la domination masculine

La mythologie grecque, si souvent, trop souvent à mes yeux accusée de sexisme, n'en a pas fini de révéler au contraire la place essentielle qu'elle laisse au féminin. « D'accord pour les déesses, peut-être, me concède un jour une amie féministe qui ne voulait pas démordre de ses représentations, mais les femmes, elles, les mortelles, n'ont pas voix au chapitre. » Quels dégâts ont faits des générations d'enseignement des lettres classiques et de péplums fondés sur ces visions stéréotypées ! Pourtant, dans l'épopée comme dans la tragédie, la faible femme n'existe pas. Si elles sont toutes des mères, des épouses ou des amantes, elles possèdent autant de marge de manœuvre et de pouvoir que les déesses. Ce sont la plupart du temps des femmes d'action. Leur particularité commune, leur force intrinsèque, est qu'elles occupent une fonction de premier plan, sans jamais rabaisser le rôle des hommes. Elles ont trouvé cet équilibre qui leur permet d'exister et d'agir librement sans que cela soit au détriment des héros masculins. La haine ou l'amour dicte leurs actes, la stratégie politique et la maîtrise du pouvoir économique en temps de guerre leur permettent de parvenir à leurs fins, le courage coule dans leurs veines.

Hélène et Clytemnestre

Penchons-nous sur deux sœurs, des jumelles on ne peut plus dissemblables, qui partagent une manière bien à elles de garder en main les rênes de leur vie. Hélène, réputée comme la plus belle femme du monde, est née des amours de sa mère, Léda, avec Zeus, métamorphosé en cygne. D'où une naissance extraordinaire, puisque Léda a accouché d'un œuf ! En réalité, de deux œufs. Dans le deuxième œuf, il y avait Clytemnestre qui, elle, avait pour père Tyndare, l'époux légitime de Léda. La première est blonde, lumineuse et rieuse, éclipsant complètement sa sœur par son charme irrésistible. La seconde est peu gracieuse, boudeuse et sans grand attrait. Furent-elles élevées différemment, comme l'affirme Simone Bertière dans sa merveilleuse *Apologie pour Clytemnestre*[1] ? D'un

---

1 — *Apologie pour Clytemnestre*, de Simone Bertière, Éditions de Fallois, 2003, rééd. Le Livre de poche, 2006.

côté, pour Hélène, un cocon douillet, dans lequel on lui prodigue les soins réservés à une descendante de Zeus ; de l'autre, une fillette qui grandit avec ses frères, Castor et Pollux, constamment dehors et livrée à elle-même. Toujours est-il que lorsque survient l'adolescence, bien vite, on les éduque l'une et l'autre au destin qui les attend : devenir épouses de rois. Hélène se dérobe aux tâches qui lui incomberont, tandis que Clytemnestre se forme en accéléré. Elle devient experte en intendance et saura très tôt gérer avec poigne domesticité et réserves. La charge mentale d'une femme de roi grec n'a rien à envier aux nôtres. Il faut par exemple surveiller la consommation d'huile, de vin, de blé et autres nourritures, pour faire en sorte que l'on tienne jusqu'à la récolte suivante. Superviser le travail des fileuses et tisseuses, ainsi que des lavandières, pour que chacun dans la demeure soit vêtu convenablement. Vérifier que tout soit entreposé correctement dans les celliers afin que nulle nourriture ne soit gâchée. Les tâches domestiques ennuient Hélène à mourir et une fois mariée au riche et puissant roi de Sparte, Ménélas, elle s'en désintéresse complètement. En revanche, Clytemnestre, dès qu'elle épouse Agamemnon, le frère de Ménélas et roi de Mycènes, prend en main les destinées du palais, veillant à ce que tout marche à la baguette. Son mari est un guerrier, il lui délègue d'autant plus volontiers l'administration qu'il n'est jamais là. Et lorsqu'il part pour la guerre de Troie, elle récupère ses attributions dans la gestion du royaume. C'est donc une cheffe d'entreprise accomplie. « Mon époux, en partant, m'avait confié le soin de gérer ses domaines. Cela ne me changeait guère : je m'en occupais depuis toujours. Mais son absence modifia aussitôt le climat. [...] À peine eut-on compris qu'il était parti depuis longtemps que je vis affluer vers moi laboureurs, bouviers, bergers, arboriculteurs et autres gens de la terre. Auparavant, ils se contentaient de me rendre leurs comptes. Maintenant ils avaient des foules de questions à me poser [...]. Femme ou pas, ils acceptaient mon autorité parce qu'elle reposait sur la compétence. [...] La maîtresse c'était moi[2]. » Cette énergie entrepreneuriale conduit certains analystes à lui attribuer un caractère viril.

Le choix d'Hélène

De son côté, Hélène a fait l'objet d'une sorte de marchandage. Tous les rois de Grèce ont tenté de conquérir sa main. Et tous ont fait le serment qu'ils voleraient au secours du mari choisi, si quelqu'un s'avisait de lui ravir sa femme. Une manière habile qu'avait trouvée son père,

2 — *Ibid.*, p. 165.

sur les conseils d'Ulysse, le roi d'Ithaque, d'éviter que les prétendants éconduits ne s'entretuent. Ménélas fut choisi, et les ennuis d'Hélène commencèrent. Ou plutôt l'ennui. Mortel, sidéral. Son mari était certes riche et puissant, à la tête de la cité la plus opulente de Grèce, mais il était vieux et fade. Hélène se morfond dans son palais. Elle n'est pas faite pour être mère et sa fille Hermione l'indiffère. Où l'on constate de nouveau que, pour les Grecs, l'amour maternel ne coulait pas de source. C'est alors que surgit un bel éphèbe, nommé Pâris. Il est beau, jeune, prince de la ville de Troie. Et comme Ménélas est en voyage, c'est elle qui reçoit le visiteur. Bientôt, Hélène disparaît avec Pâris.

Les causes de ce départ ont été diversement interprétées. Certains ont préféré en imputer la responsabilité totale à la déesse Aphrodite. Vous vous souvenez de cette pomme d'or, pomme de la discorde, qui avait donné lieu à une dispute entre trois déesses le jour du mariage de Pélée et Thétis ? C'est justement ce Pâris que Zeus a mandaté en tant qu'expert en beauté féminine pour trancher la querelle. Il a désigné Aphrodite, qui lui a promis en échange que la plus belle femme du monde lui appartiendrait. Hélène ne serait donc que le lot attribué par la déesse à Pâris, une énième manigance divine. Pour d'autres, il s'agit d'un sordide enlèvement et le ravisseur sans scrupule aurait arraché Hélène à sa famille. Les peintres, du XVIIIe siècle notamment, s'en sont donné à cœur joie en reprenant ce motif avec force détails. Leurs œuvres où le guerrier turc enlève la blanche, blonde et vertueuse épouse me font sourire. Car la seule version qui tienne la route est celle de la disparition volontaire.

Non, Hélène n'a pas été enlevée, pas plus qu'elle n'a été le jouet des dieux : Hélène a choisi de partir. Sur un coup de cœur, un coup de tête. Une de ces passions qui embrasent le corps et l'esprit, et nous font tout quitter pour suivre un homme. En partant, Hélène le sait : elle va déclencher une guerre terrible. Mais elle ne peut pas résister à ses pulsions. Elle plaque tout, avec panache, elle abandonne sa vie par amour. Pour un homme qui n'en vaut même pas la peine. Ce qu'au fond elle sait déjà, au moment même où elle opte pour la fuite. Mais rien ne peut la retenir. Comme l'Emma Bovary de Flaubert ou l'Anna Karénine de Tolstoï, Hélène choisit de suivre un amant qui n'est pas à la hauteur.

Pâris n'est pas un cynique, seulement un lâche. Et lorsqu'il meurt, sous les murailles de Troie, Hélène en souffre terriblement. Comme elle souffre également de tout ce sang qui coule à cause d'elle. Sa compassion pour tous les morts de cette guerre, Grecs et Troyens, s'exprime

Non, Hélène n'a pas
été enlevée, pas plus
qu'elle n'a été le jouet
des dieux : Hélène
a choisi de partir.
Sur un coup de cœur,
un coup de tête.

superbement à travers son art, puisqu'Hélène, l'une des tisseuses les plus douées de l'Antiquité, va fixer sur sa tapisserie les guerriers de cette sanglante épopée. Comme toutes les épouses homériques, Hélène pratique l'activité du tissage, qui symbolise la parole des femmes. Mais elle la subvertit. Au lieu de tisser des motifs floraux ou des ornementations, elle représente la guerre : c'est sa manière à elle d'exposer son point de vue sur ce qui se déroule sous ses yeux et ce qui la bouleverse. Elle met en image son déchirement entre sa patrie natale et celle qui l'a adoptée.

Hélène n'est pas cette femme fatale et volage sans cœur ni cervelle que certains se sont complu à stigmatiser. Preuve en est d'ailleurs son ambiguïté permanente : pour quel camp roule Hélène ? Ainsi, lorsqu'elle découvre le cheval en bois dans le ventre duquel sont dissimulés les soldats grecs, Hélène est la seule à comprendre ce qui se passe. Elle tente d'abord de piéger les Grecs en imitant la voix de leurs femmes qui les appelle, puis, voyant qu'elle ne parvient pas à les faire sortir de leur cachette, elle s'éloigne sans donner l'alerte. Il aurait été simple pour elle de les dénoncer. Elle n'en fait rien. Pourquoi ? Peut-être n'en peut-elle plus d'être la coupable de ce carnage et se refuse-t-elle à déclencher un nouveau massacre de Grecs ? Peut-être espère-t-elle ainsi mettre fin à sa propre vie ? Mystères de l'âme humaine. Toujours est-il que les Grecs, surgissant du ventre du cheval, dévastent Troie. Ménélas surgit, l'épée pointée sur Hélène, mais décide de l'épargner et de la reprendre pour femme. Plus encore que suivre un homme, Hélène avait voulu s'échapper de cette vie qui l'étouffait à petit feu, fuir l'ennui mortel qui la consumait. La voici retournée à la case départ, à sa cage dorée. Hélène a joué sa vie et celle des autres. Elle a perdu. Pourtant, les remords qui l'assaillent ne seront jamais des regrets d'être partie : elle assume, tête haute, jusqu'au bout sa soif de liberté. Si c'était à refaire, elle recommencerait. Son parcours de femme rejetant les cadres contraints de la vie maritale, prenant la parole dans le monde des hommes, est un exemple d'indépendance.

Clytemnestre, femme de pouvoir et « tueuse du mâle »

Quant à sa sœur Clytemnestre, est-elle aussi sage et terne que l'on croit ? Assurément non. Son point commun avec sa jumelle est de ne pas savoir résister, elle non plus, à ses pulsions. L'une et l'autre sont entières, passionnées et jusqu'au-boutistes. Cependant, ce n'est pas la passion amoureuse qui est le moteur de Clytemnestre, même si nombreux sont les auteurs qui ont cherché à la réduire à cela. « D'Homère aux écrivains de notre temps, tous condamnent en Clytemnestre, meurtrière de son mari, ce que la femme peut avoir de plus effrayant. On s'accorde pour refuser les motifs les plus plausibles à son action, et pour expliquer celle-ci par de bas instincts passionnels[3]. » Clytemnestre n'admet pas qu'un homme veuille lui imposer sa loi, ni son mari ni son amant. « J'ai désiré le pouvoir, moins pour le plaisir de l'exercer que pour ne pas avoir à subir celui d'autrui. J'ai fini par y prendre goût[4] », lui fait dire Simone Bertière. Elle, la forte femme, celle qui ne s'en laisse pas conter, va pourtant, d'abord, se faire manipuler par son mari.

La guerre de Troie n'a pas encore commencé, les troupes des Grecs sont toutes rassemblées à Aulis, lorsqu'un émissaire arrive à Mycènes. Agamemnon exige que leur fille Iphigénie vienne d'urgence le rejoindre à Aulis : il a donné sa main à Achille, le plus valeureux des combattants de son armée. Clytemnestre n'a même pas l'idée de résister, tant elle est heureuse que sa fille épouse Achille. Bien sûr, personne ne demande à Iphigénie son avis, et voilà la jeune femme en route pour Aulis. Il s'agissait d'une ignoble ruse. En réalité, les vents sont contraires aux Grecs et leurs navires ne peuvent appareiller pour

---

3 — *Ibid.*

4 — *Ibid.*, p. 328.

atteindre Troie. Un oracle explique alors que la déesse Artémis, furieuse contre Agamemnon qui s'est vanté d'être meilleur chasseur qu'elle, retient les bateaux au port. La seule manière de l'apaiser serait, selon les devins, de sacrifier la fille d'Agamemnon. Qu'à cela ne tienne, le chef des armées grecques n'hésite pas une seconde et fait venir son enfant, afin de l'immoler sur le bûcher.

Cœur de pierre, vaniteux et couard, Agamemnon est un piètre héros à mes yeux... et aux yeux d'Homère, qui ne cesse de nous dépeindre les colères et caprices de cet arrogant chef de guerre. Mais aux yeux de Clytemnestre, son époux devient un criminel lorsqu'elle découvre la ruse qu'il a utilisée pour attirer Iphigénie à Aulis et le sang-froid avec lequel il l'a sacrifiée. Peu importe que la déesse Artémis, au dernier moment, soit intervenue pour remplacer la jeune fille immolée par une biche, la reine de Mycènes nourrit désormais une haine farouche contre son mari.

Dix ans vont s'écouler. Clytemnestre va régner sur le royaume en maîtresse femme, prenant ouvertement un amant en la personne d'Égisthe, sans lui déléguer la moindre parcelle d'autorité. Elle envoie au loin son fils Oreste. Plus rien ne peut la détourner de son obsession : se venger d'Agamemnon. Le douloureux souvenir enfoui des deux meurtres qu'il a jadis commis pour pouvoir l'épouser remonte à la mémoire de la reine. Elle attend son heure.

Par son acte
Clytemnestre
pose avec force
des questions
concernant la place
et les droits
des femmes.

Lorsqu'enfin le roi revient de la guerre, auréolé de sa victoire sur les Troyens, Clytemnestre fait mine de se réjouir de son retour. Elle l'accueille en privé, lui prépare un bain et, une fois qu'Agamemnon barbote dans l'eau chaude, elle jette un filet sur lui pour l'emprisonner et serre, nœud après nœud, pour le ligoter. « Voilà un nœud pour mon premier mari, Tantale, que tu as tué pour prendre sa place sans me demander mon avis. Un nœud pour mon premier bébé, que j'avais eu avec lui, et que tu as tué aussi, pour ne pas t'embarrasser. Et puis encore un nœud pour notre fille Iphigénie que tu as voulu sacrifier en me mentant honteusement[5]. » Elle saisit alors une hache et se jette sur son mari. Le guerrier a réchappé à dix ans de guerre mais meurt sous les coups de sa femme. Clytemnestre est satisfaite. Elle a refusé qu'Égisthe, son amant, le tue lui-même. Elle regarde ses mains pleines de sang, elle sourit. C'est une histoire entre elle et lui. Une histoire de haine à mort. Qui se poursuit jusqu'à sa propre mort, violente elle aussi, puisque son fils Oreste, devenu adulte, revient à Mycènes et venge son père en l'assassinant à son tour.

Les Atrides, cette famille maudite, poussent les massacres à leur paroxysme. Clytemnestre y a rarement le

5 — *Le Feuilleton d'Ulysse*, Bayard Éditions, 2015, p. 175.

beau rôle, épouse adultère et meurtrière – on la classerait plutôt dans la catégorie des personnalités monstrueuses. La preuve ? Même si elle apparaît dans les tragédies, de Sophocle à Euripide, et plus tard de Corneille à Racine, aucune de ces pièces ne porte son nom. Pour Eschyle, le seul qui prenne sa défense, elle est néanmoins « la femelle tueuse du mâle[6] ». Quant à Homère, il évoque « l'incomparable malfaisance de Clytemnestre ». En réalité, par son acte Clytemnestre pose avec force des questions concernant la place et les droits des femmes. « Si Clytemnestre a été condamnée, elle ne l'a pas été comme n'importe quel criminel, mais comme une révolutionnaire créant des précédents redoutables[7] », affirme encore l'helléniste Évelyne Méron. En Grèce, l'enfant appartient au père. Le geste de la reine de Mycènes remet en cause cette prééminence du père sur la mère. En ce sens, ce geste bouscule profondément l'ordre établi. Pas étonnant, dès lors, que chacun se soit employé à effacer les véritables mobiles du meurtre. « Presque tous les auteurs ont préféré, au mépris de la vraisemblance psychologique, mentionner la mort d'Iphigénie comme un point

6 — *Orestie*, d'Eschyle.

7 — « Grandeur et misère de Clytemnestre », d'Évelyne Méron, *Revue des études anciennes*, tome 87, 1985, p. 246.

anodin, et réduire l'assassinat d'Agamemnon à un crime passionnel, soit que Clytemnestre s'offense d'avoir une rivale, soit qu'elle veuille garder l'amant qu'elle avait pris en l'absence du mari[8] », accuse Évelyne Méron. De fait, Homère passe sous silence le sacrifice d'Iphigénie, préférant montrer Clytemnestre comme une victime des manigances séductrices d'Égisthe, tout en la condamnant sévèrement ; Sophocle laisse la parole à la meurtrière, qui plaide la vengeance, mais laisse le dernier mot à sa fille Électre, qui l'accuse d'avoir tué son mari uniquement dans l'intérêt de son amant ; Euripide, quant à lui, met en avant un autre argument dans la bouche même de la meurtrière – elle aurait tué par jalousie, à cause de cette captive troyenne, Cassandre, que son mari a ramenée au palais. Seul Eschyle, le plus à l'écoute de Clytemnestre, prête à son héroïne un motif prioritaire de haine et de vengeance, reléguant sa vie sentimentale au second plan. Manifestement, une femme qui tue son mari parce qu'elle a un amant ou par jalousie est bien plus recevable qu'une femme qui venge le martyre subi par son enfant par un père bourreau. Cependant, la reine de Mycènes, dans la continuité directe de Gaïa et Rhéa, fait partie de ces mères prêtes à devenir des louves pour protéger leurs

8 — *Ibid.*, p. 247.

enfants, fût-ce contre leur propre père. Mais dans ce cas, pourquoi avoir banni son fils, Oreste, et négligé son autre fille, Électre ?

Ceux qui soulignent cette apparente contradiction vont plus loin encore, et suggèrent que Clytemnestre n'a tout simplement pas supporté le retour de son mari car elle voulait garder son pouvoir et sa liberté. C'est ce qu'affirme le grand spécialiste de la Grèce antique Jean-Pierre Vernant : « Clytemnestre prétend assumer les vertus et les risques d'une nature pleinement virile. Réfléchie, autoritaire et audacieuse, faite pour commander, elle rejette avec hauteur toutes les faiblesses de son sexe ; elle ne se retrouve femme, nous laisse-t-on clairement comprendre, que dans le lit. Dans sa décision de tuer Agamemnon, les griefs qu'elle a pu légitimement invoquer contre son époux ont pesé moins que son refus de la domination masculine, sa volonté de prendre la place de l'homme à la maison[9]. » Reste que le véritable motif de cet assassinat, qu'il s'agisse de venger son enfant ou de garder son pouvoir, range bel et bien Clytemnestre dans la catégorie des femmes qui revendiquent l'égalité de leurs droits.

---

9 — « Hestia-Hermès. Sur l'expression religieuse de l'espace et du mouvement chez les Grecs », de Jean-Pierre Vernant, *L'Homme*, tome 3, n° 3, 1963, p. 21.

Les deux sœurs, la plus belle femme du monde et la femme de tête comme de pouvoir, partagent beaucoup plus qu'on ne le croit. L'une comme l'autre incarnent des figures féminines de femmes qui refusent la domination masculine et rejettent les codes et les cadres qu'une société voudrait leur imposer.

14.
L’explosion du désir féminin

Ah, cruel ! tu m'as trop entendue !
Je t'en ai dit assez pour te tirer d'erreur.
Eh bien ! connais donc Phèdre et toute sa fureur :
J'aime ! Ne pense pas qu'au moment que je t'aime,
Innocente à mes yeux, je m'approuve moi-même ;
Ni que du fol amour qui trouble ma raison
Ma lâche complaisance ait nourri le poison[1]

Ces quelques vers sont les seuls de Racine que je connaisse encore par cœur, depuis mon adolescence. S'ils m'ont marquée à ce point, c'est sans doute que cette somptueuse tirade au cours de laquelle Phèdre avoue la brûlante passion qui la dévore à Hippolyte, le fils de Thésée son mari,

1 — *Phèdre*, de Jean Racine, acte II, scène 5.

est l'une des plus puissantes expressions de l'érotisme féminin jamais mises sur scène. Je me souviens du choc en lisant cette pièce et particulièrement l'aveu de Phèdre. Je me souviens d'avoir éprouvé une immense compassion pour Phèdre et son amour impossible pour son beau-fils. À l'époque, la réaction horrifiée du jeune homme m'importait peu. Elle l'aimait, il ne l'aimait pas, ici résidait le tragique de la situation. Qu'elle soit mariée au père de l'objet de son désir était tout à fait secondaire pour moi. D'une part, le mari était un vieux bonhomme qui avait l'âge d'être son propre père, d'autre part il avait d'abord séduit puis abandonné la sœur de Phèdre, en l'occurrence Ariane, bref il ne trouvait pas grâce à mes yeux. Et lorsque Phèdre, amoureuse éconduite et blessée, monte une cabale et dénonce Hippolyte, en prétendant qu'il a essayé de la violer, c'est à Thésée que j'en voulais d'avoir gobé le mensonge sans réfléchir, provoquant ainsi la mort tragique du jeune homme, suivie du suicide de Phèdre. Sans doute avais-je deviné que ce qui est en jeu, dans ce mythe, est moins la question de l'inceste et sa réprobation morale que celle de la mise en cause du pouvoir paternel et de l'expression publique du désir féminin.

Aux sources de l'histoire de Phèdre

Certes, la tragédie de Racine est porteuse de la morale chrétienne du XVIIe siècle, et le dramaturge a sans doute cherché à souligner la transgression du tabou de l'inceste dans le comportement de Phèdre, mais là n'est pas le cœur du sujet. Il reprenait dans sa pièce un motif largement utilisé par les auteurs tragiques de l'Antiquité. Lorsqu'à mon tour j'ai voulu raconter l'histoire de Phèdre, je me suis demandé comment cette légende était née et surtout comment elle avait été accueillie, à l'époque. L'anthropologue Jean-Baptiste Bonnard relate qu'Euripide écrivit une pièce aujourd'hui disparue dont le titre était *Hippolyte voilé*, puis une seconde nommée simplement *Hippolyte*, au Ve siècle av. J.-C. Ce spectacle choqua les Athéniens. Mais ce qu'ils reprochèrent à Phèdre, ce n'était pas de convoiter son beau-fils, c'était tout simplement ses désirs adultérins. Un des éléments du scandale venait du fait qu'elle justifiait son écart de conduite par les infidélités de son époux : placer sur le même plan l'adultère du mari et celui de la femme était tout à fait explosif dans l'Antiquité. « Pour le public athénien, l'adultère commis par la femme est autrement plus grave que celui de l'homme. Il met en effet en cause toute la famille puisqu'il est susceptible d'y introduire des bâtards. Cette idée suffisait largement à provoquer l'horreur du spectateur, sans qu'il fût besoin de faire intervenir l'inceste[2]. » En somme, une femme amoureuse, quand il ne s'agit pas de son mari, fait vaciller le pouvoir masculin. Si le comportement de Phèdre est stigmatisé, qualifié de monstrueux ou peut-être même jugé contre-nature, c'est le désir féminin qui est mis en accusation. C'est lui le pervers, le maudit, qui porte atteinte au pouvoir des hommes sur le corps des femmes et remet en cause leur domination sur leurs fils. « C'est donc l'ensemble du pouvoir patriarcal qui est ébranlé par la marâtre adultère. Ce scandale est celui de l'existence d'une femme amoureuse. [...] Avec Phèdre, la femme cesse d'être un objet de plaisir pour devenir un sujet désirant. [...] Phèdre incestueuse ? Non, Phèdre scandaleuse[3]. »

Miroir fascinant de la passion portée à son incandescence, Phèdre n'a pas fini, au cours des siècles, de nourrir notre imaginaire collectif. Comme tous les mythes puissants, il est terriblement vivant, et sa réception évolue au fil des époques. Aujourd'hui, où le voile se lève progressivement sur le tabou de l'inceste et où les abus des beaux-parents qui séduisent les enfants de leur conjoint sont dénoncés, il est sans doute difficile de lire *Phèdre*

---

2 — « Phèdre sans inceste », de Jean-Baptiste Bonnard, *Revue historique*, n° 621, PUF, 2002, p. 93.

3 — *Ibid.*, p. 105.

Si le comportement
de Phèdre est
stigmatisé, qualifié
de monstrueux
ou peut-être même
jugé contre-nature,
c’est le désir
féminin qui est
mis en accusation.

autrement. Cependant, comment attribuer à cette jeune femme amoureuse, passionnée, entière, mais fragile, une quelconque emprise sur son beau-fils ? Non seulement Hippolyte l'a rejetée avec horreur mais, s'il a payé ce refus de sa vie, c'est plus dû à l'impulsivité irréfléchie de son père qu'à la dénonciation calomnieuse de sa belle-mère. Thésée, apprenant qu'Hippolyte aurait tenté de porter la main sur sa femme, maudit son fils et invoque Poséidon pour que celui-ci châtie le coupable. Le dieu des Mers s'exécute, et alors que le jeune homme longe la côte sur son char un monstre marin surgit devant lui. Ses chevaux effrayés se cabrent et le corps du jeune homme est projeté sur les rochers. Folle de douleur et de remords en apprenant cette mort horrible, Phèdre se pend.

J'avais raconté tout cela dans *Le Feuilleton de Thésée.* Peu de temps après la parution du livre, je me souviens d'une séance de dédicaces au Salon le Livre sur la place à Nancy. Une femme d'un certain âge feuilletait mes livres en plissant le nez. « Vous dites qu'on peut lire ces histoires aux enfants à partir de 5 ans, mais bien sûr que non, m'affirma-t-elle d'un ton péremptoire. Ils ne peuvent comprendre la complexité et la profondeur des mythes antiques avant la 6e. » Je ne tentai même pas de la convaincre. J'ai trop l'habitude du manque de confiance et de respect envers les enfants pour me formaliser. C'est alors qu'une fillette s'approcha, accompagnée par son papa. Elle était si petite que seuls ses yeux dépassaient de ma table de dédicace. Je lui demandai son âge. « Quatre ans », me répondit-elle d'une voix assurée. La femme qui était en train de s'éloigner entendit et sursauta. Le papa se taisait en souriant. La fillette me dit alors : « J'ai une question. » J'adore quand les petits commencent ainsi. C'est tellement fréquent. « Oui ? Dis-moi. – Pourquoi Thésée a-t-il cru Phèdre ? » Je revois encore ses grands yeux posés sérieusement sur mon visage. Je lui ai répondu : « Et toi, tu en penses quoi ? – Moi, je pense qu'il n'était pas obligé de la croire », me rétorqua aussitôt la petite fille, preuve qu'elle y avait déjà longuement réfléchi. Et nous avons entamé, elle et moi, une conversation extrêmement sérieuse au sujet de la confiance et du mensonge, sous l'œil abasourdi de la femme, oui, celle qui réservait la lecture des mythes aux plus de 10 ans…

Je n'ai pas oublié cette petite fille et sa question si passionnante. Oui, pourquoi donc la calomnie et le mensonge peuvent-ils s'infiltrer si facilement dans nos cœurs ? Je repensai à ce film qui m'avait profondément marquée lorsque j'étais adolescente, *Les Risques du métier*. Un instituteur, joué magistralement par Jacques Brel, est accusé à tort d'attouchements par une de ses élèves, puis deux autres l'accusent à leur tour d'avoir eu des relations sexuelles avec lui. Chacune a de bonnes raisons de mentir. Sous la caméra d'André Cayatte, on voit le piège se refermer sur l'enseignant innocent. Je me souviens de mon effroi devant la puissance de cette parole. Les fillettes qui causaient la perte de leur instituteur avaient mon âge. Je revois surtout Hélène, la bonne élève, qui le dénonce à tort pour mieux cacher sa relation avec un ouvrier de son père. Hélène prête à tout, jusqu'à la trahison, par amour. J'en ai gardé une terreur devant les accusations sans preuve et la peur des dénonciations calomnieuses. C'est si facile de se laisser abuser.

Dans le film, l'instituteur finit par être disculpé. Pourquoi Hippolyte n'avait-il pas eu la même chance? Lorsque j'ai écrit *Le Feuilleton d'Artémis*, je savais que la déesse allait rendre visite à Phèdre. Elle qui n'avait pas encore rencontré Orion ignorait alors tout de la passion dévorante. Celle qui brûle, dévore, consume à petit feu. Celle qui vous rend étrangère à vous-même. Et peut vous faire perdre la tête. Elle observe Phèdre avec surprise: « En proie à une agitation extrême, Phèdre ne cessait de se parler à elle-même, en se tordant nerveusement les mains. “ Insoutenable. Une torture. Tout plutôt que son indifférence! Comme je l'aime! [...] Ses cheveux. Ses yeux. Son corps. Sa voix. La pâleur de sa peau et les petites taches rousses qui y fleurissent. La moue de ses lèvres quand il boude. Et son sourire quand il sourit enfin. J'aime tout en lui, jusqu'à l'ombre de sa main. Ah, sa main ! Sa jument noire est mille fois plus heureuse que moi, elle qui a droit à ses caresses chaque jour. Oui, oui, oui… Œnone a raison, je vais le lui avouer. Mais comment réagira-t-il ? S'il me rejette, j'en mourrai ! La mort plutôt que de vivre sans lui. Non, non, non, ne pas lui avouer cet amour monstrueux. Mais son indifférence me tue chaque jour à petit feu. Je guette son pas, je crois reconnaître sa silhouette, j'espère sa présence. Une minute auprès de lui vaut mes heures d'attente, mais je ne vis plus. Je n'ai plus d'appétit à rien. Rien d'autre ne compte que cet homme. Je suis déjà morte en fait. Ce supplice est trop grand. Il doit m'aimer, c'est sûr, il m'aimera. Oui, oui, oui[4]…" »

Ce désir irrépressible qui détruit Phèdre cause donc la perte d'Hippolyte. Mais la petite question de la fillette de quatre ans me taraudait. Je me mis en recherche des variantes du mythe. Et, ô joie, je découvris qu'Asclépios, le dieu de la Médecine, avait ressuscité plusieurs morts, dont Hippolyte. Alors même que les flammes du bûcher allaient dévorer son corps, Artémis, la protectrice du jeune homme, le remplaça par celui d'un chevreuil, tandis qu'Asclépios versait entre ses lèvres un breuvage le

4 — *Le Feuilleton d'Artémis*, *op. cit.*, p. 168.

ramenant à la vie. Je n'ai pas hésité une seconde, c'est aussi cela un mythe vivant. J'ai aimé le voir quitter Trézène au galop de sa jument, sa chevelure rousse dépassant de la capuche de sa longue cape noire. J'aimerais retrouver cette fillette de Nancy et pouvoir lui dire simplement : « Thésée n'était pas obligé de croire Phèdre, c'est vrai. Mais tu vois, quelqu'un a eu confiance en lui, tellement qu'il lui a rendu justice... et la vie. »

Peut-être que si je tenais tant au sauvetage du jeune homme, c'est surtout parce que la résurrection d'Hippolyte exonère ainsi Phèdre à mes yeux. Ne laissant la place qu'à sa bouleversante et fascinante passion, celle qui dérange en nous éclaboussant de son désir de femme. Laquelle d'entre nous ne s'est jamais sentie Phèdre ?

15.

Souvent femme ne varie pas : le malentendu Pénélope

Le dîner était sympathique et joyeux, nous avions bien mangé et bien ri, avec une bande d'amis fidèles. L'un d'entre eux m'a interrogée sur mes travaux d'écriture en cours. Je répondis que je travaillais sur Ulysse, qui était à mes yeux le premier des naufragés perdus en Méditerranée, obligé de quitter sa terre et sa famille. Aussitôt la conversation s'orienta sur Pénélope. Je dirais même s'aimanta.

« Sa femme s'en est payé une bonne tranche en son absence...

– Personne ne peut attendre sagement pendant vingt ans...

– Les prétendants, elle les a tous essayés, ha ha... »

Surprise, je tentai de protester de la fidélité de la reine d'Ithaque, qui est tout à fait explicite dans l'*Odyssée*.

« À d'autres ! On ne me la fait pas...

– Alors toi, tu crois qu'elle est restée bêtement derrière son métier à tisser durant toutes ces années ?

– Dans ce cas, quelle greluche ! Quand tu vois comment Ulysse, lui, prenait du bon temps dans les draps de Calypso ou Circé.

– De toute façon, avec Homère et les autres, c'est toujours les hommes qui ont le beau rôle, les femmes, elles, font tapisserie. »

Je restai sans voix. C'était donc ainsi que Pénélope, l'un des personnages les plus importants de l'épopée homérique, était perçue au XXIe siècle ? Et si mes amis avaient raison ? Et si ma vision de Pénélope était fausse, moi qui la prenais pour une figure majeure ? Ébranlée, je replongeai dans les textes antiques pleine de doutes. Peu à peu, je découvris que mon intuition était juste : la reine d'Ithaque se situe aux antipodes des caricatures la dépeignant, au choix, en infidèle dépravée ou en nunuche version potiche soumise. Elle est une figure majeure de l'épopée, peut-être même sa clé de voûte. Il n'y aurait tout simplement pas d'*Odyssée* sans Pénélope, le double féminin d'Ulysse. En la mettant en scène, je m'attaquais donc à une véritable œuvre de réhabilitation. Il fallait lever le malentendu Pénélope.

Réhabiliter Pénélope

Sa vie démarre dans l'opulente ville de Sparte, aux côtés de sa cousine Hélène. Son père, Icarios, l'adore. Lorsque son oncle Tyndare cherche à marier Hélène, une foule de princes affluent de toute la Grèce pour tenter leur chance. L'un d'entre eux, Ulysse, le roi d'Ithaque, préfère solliciter la main de Pénélope. Son royaume est pauvre, son île sèche et caillouteuse, en somme il n'a que son cœur et son courage à offrir. Si Pénélope accepte – car oui, à elle on demande son avis –, c'est parce que cet homme lui plaît. Elle aime ses robustes mains faites pour travailler la terre et, l'espère-t-elle, pour caresser. Elle aime son côté bûcheron, ses mollets de paysan et sa barbe broussailleuse. Pénélope ne peut pas rivaliser avec la beauté de porcelaine de sa cousine. On la dit belle, grande, solide, avec des mains « puissantes », telles qu'Homère s'attarde singulièrement à les décrire, utilisant le même mot qu'il emploie pour qualifier celles d'Athéna et d'Ulysse. Des mains d'artisane qui n'ont pas peur de se mettre à la tâche et qui tiennent solidement les clés du palais.

La voilà mariée. Au dernier moment, alors qu'elle grimpe sur le char de son époux pour quitter Sparte, son père se précipite, s'accroche au char et les supplie de rester. Il n'arrive pas à se séparer de sa fille, ne comprend pas que le couple refuse de vivre dans son riche palais à ses

La reine d'Ithaque
se situe aux antipodes
des caricatures
la dépeignant,
au choix, en infidèle
dépravée
ou en nunuche
version potiche
soumise.

côtés, il pleure, supplie. Cet acharnement paternel, à la limite de l'incestueux, a le don d'agacer Ulysse. Celui-ci demande un peu brutalement à Pénélope de choisir. Elle le foudroie du regard : elle a déjà choisi. Sans un mot, elle rabat sa capuche sur son visage et tourne le dos à son père, signe que son destin est désormais lié à jamais à Ithaque. Ce premier acte d'émancipation en dit long sur le caractère indépendant de Pénélope, car nombreux sont les couples qui restent sous le toit familial.

Aussi, lorsque les guerriers grecs viennent chercher Ulysse pour partir à la guerre de Troie, Pénélope est désespérée. Un oracle a prédit une très longue absence s'il les suit. Le roi d'Ithaque essaie d'échapper à ce départ en se faisant passer pour fou, mais lui qu'on nommera par la suite « Ulysse aux mille ruses » se fait démasquer. Le voici obligé de quitter son île, sa femme et Télémaque, son fils qui vient de naître. À partir de là, Pénélope se retrouve seule maître à bord. C'est elle qui administre le royaume pendant les dix ans que dure la guerre. Elle n'a sans doute pas les mêmes méthodes que Clytemnestre, mais parvient, elle aussi, à garder les rênes en main. À la différence de la femme d'Agamemnon, Pénélope ne prend aucun amant. Pourtant, les soupirants ne manquent pas. Lorsqu'Ulysse a pris la mer, il s'est embarqué avec une flotte de douze navires. Selon la tradition, les fils des riches familles d'Ithaque et des îles alentour qui ont contribué à équiper ces vaisseaux ont le droit de s'installer au palais en attendant le retour du roi. Du donnant-donnant, en quelque sorte.

L'affaire pourrait tourner mal. Mais c'est là que la finesse de Pénélope se déploie. Ceux qui se sont installés dans son palais prennent leurs aises. Ils sont nombreux, presque une centaine. Ils dilapident les réserves, boivent, mangent, font la fête, chantent et dansent à n'en plus finir. Certaines servantes partagent leur couche. Le palais d'Ithaque devient une gigantesque orgie à ciel ouvert. Pénélope, elle, se protège comme elle peut. Elle n'a nulle envie de tremper dans ces dépravations, mais elle ne peut pas les mettre dehors. Elle parvient juste à rester une bonne mère, vigilante, et à tenir son fils éloigné de ces excès. Elle attend. Oui bien sûr, elle attend le retour d'Ulysse, et alors? Plus le temps passe, plus le souvenir du roi s'efface dans les mémoires. La guerre de Troie est finie, elle a duré dix ans, mais Ulysse ne revient toujours pas. Il n'y a bientôt plus que sa femme pour l'attendre. Et c'est bien parce qu'elle ne l'oublie pas qu'Ulysse reste vivant. Le poème montre en permanence que seule Pénélope fait récit et que sans ce récit, l'odyssée n'a plus de sens. Elle est donc celle qui tient le fil, sœur d'Ariane en la matière. Comme elle, la reine d'Ithaque reste reliée par un fil à l'homme qu'elle aime.

Pénélope, comme toutes les femmes de l'époque, est une habile fileuse et tisseuse. Aussi, lorsque ceux qui occupent sa maison la somment de choisir l'un d'entre eux pour remplacer son mari, elle invente un subterfuge. Elle promet de se décider à prendre un nouvel époux lorsqu'elle aura fini de tisser le linceul qui servira à envelopper le père d'Ulysse, Laërte, au moment de sa mort. La ruse est très célèbre : Pénélope tisse le jour et détisse sa toile la nuit. En ce sens, elle subvertit la fonction féminine traditionnelle, puisqu'elle se montre incapable de mener son ouvrage à bien. Symboliquement, elle refuse de tisser de nouveaux liens, autres que ceux qui l'unissent à Ulysse. Le geste de détisser consiste à rembobiner le fil que l'on défait, exactement comme Ariane montrant à Thésée la manière de reconstituer la pelote pour retrouver la sortie du labyrinthe. « C'est toi que l'on devrait nommer "Pénélope aux mille ruses !" » s'exclamera Ulysse lorsqu'elle lui racontera son étonnante stratégie.

Pénélope, indispensable à Ulysse

Lorsqu'au bout de dix années supplémentaires d'éloignement Ulysse rentre enfin chez lui, Pénélope fait mine de ne pas le reconnaître tout de suite. A-t-elle peur de ce retour pourtant si longuement espéré ? Ou bien cherche-t-elle à garder la main ? Quoi qu'il en soit elle soumet son mari à une épreuve infaillible avant d'accepter de l'accueillir. Elle se sait irréprochable, et lui n'en doute pas une seconde. « La vertu de Pénélope est incontestable et point n'est besoin d'y insister. Le poème préfère la mettre en évidence de façon antinomique par le biais du motif des servantes infidèles[1] », nous explique l'helléniste Françoise Frontisi-Ducroux. En effet, les servantes qui, elles, ont cédé aux prétendants seront très sévèrement châtiées par Ulysse à son retour. Homère revient longuement sur leur effroyable punition : une manière de souligner la loyauté de Pénélope. Mais qu'en est-il, en miroir, de la loyauté d'Ulysse ?

Lors de ce fameux dîner entre amis, certains avaient plaisanté sur la manière dont Ulysse avait trompé Pénélope en passant des bras de la magicienne Circé à la nymphe Calypso. Mais, au-delà de ses coups de cœur et de ses coucheries, Ulysse n'a jamais oublié sa femme, ni même renoncé à la retrouver. N'en déplaise à ses détracteurs, la puissance de Pénélope est bien supérieure à toutes celles qui détournent Ulysse du chemin du retour. Elle est à de nombreuses reprises dépeinte comme supérieurement

---

1 — *Ouvrages de dames : Ariane, Hélène, Pénélope*, de Françoise Frontisi-Ducroux, Éd. du Seuil, 2009, p. 97.

Elle a noué
une alliance sans
faille avec son mari,
et cette union
dépasse largement
le pouvoir érotique
des jeunes femmes
croisées sur la route
du héros.

intelligente, « la plus intelligente de toutes », disent même les prétendants. Elle a noué une alliance sans faille avec son mari, et cette union dépasse largement le pouvoir érotique des jeunes femmes croisées sur la route du héros. Ce duo est un couple dans tous les sens du terme. L'amour les soude, mais aussi le désir profond de tout partager et même de vieillir ensemble. Sans doute le passage le plus émouvant à cet égard est-il le moment où la nymphe Calypso, qui est réellement éprise d'Ulysse, propose de lui octroyer la jeunesse éternelle et l'immortalité s'il accepte de rester pour toujours avec elle. Et que fait Ulysse ? Il refuse ! Vexée, la nymphe lui signale perfidement que sa belle a dû prendre un sacré coup de vieux, en quinze ans. « Tu es assurément la plus belle, ô Calypso, répond Ulysse. Je n'y avais pas songé, mais oui, bien sûr, le visage de Pénélope a dû vieillir. Son corps aussi. C'est une femme, pas une déesse comme toi. Pour autant, ne le prends pas mal, je préfère la retrouver, elle. Chacune de ses rides me racontera une histoire, celle de la vie. Ses rides me parleront de son immense douleur et de la mienne à vivre séparés l'un de l'autre. [...] Nos cœurs, eux, sont sans rides. Personne ne me connaît mieux qu'elle. Pénélope comprend tout de moi, sait tout de moi, aime tout de moi. Elle est la mémoire de moi-même, ma seconde peau. Toi, tu chantes et tisses divinement, déesse, mais elle chante et tisse mon histoire et ma renommée. C'est infiniment plus précieux pour moi[2]. »

Si Pénélope ne porte pas la mémoire d'Ulysse, alors toutes les péripéties de son odyssée auront été vaines. Le but même de cette épopée est d'ailleurs d'aller tout raconter à sa femme. Lorsque le roi d'Ithaque croise l'ombre de sa mère aux Enfers, celle-ci le lui annonce très clairement : « Retiens bien tous les secrets du monde pour aller les dire à ta femme », lui conseille-t-elle. Et c'est ce qu'Ulysse fait au cours de la nuit de leurs retrouvailles. Athéna arrête le char du Soleil pour que la nuit dure autant que les amants le souhaiteront. Pour qu'ils aient le temps de se retrouver, mais aussi pour qu'Ulysse puisse tout confier à Pénélope. Sans elle, le récit n'existe pas. C'est elle qui fait exister la parole. Sans elle, le héros est mort.

---

2 — *Le Feuilleton d'Ulysse, op. cit.*, p. 209-210.

16.
Quand les captives brisent leurs chaînes

Hélène, Clytemnestre ou Pénélope, chacune à sa manière, les femmes de l'*Iliade* et de l'*Odyssée* endossent des rôles clés. Elles sont les moteurs de l'intrigue. Mais plus encore, elles bousculent l'ordre patriarcal et proposent effrontément une gouvernance féminine. Relativement facile, pourrait-on me rétorquer, de vivre en femmes libres quand on est reines, mais qu'en est-il des captives ? Deux d'entre elles sortent du lot, deux Troyennes réduites en esclavage par les brutalités de la guerre. Deux femmes qui pourtant ont beaucoup à nous apprendre sur le courage, la force et même le pouvoir octroyés aux héroïnes de l'Antiquité : Cassandre et Briséis.

Cassandre, je ne te crois pas

J'ai toujours été fascinée par Cassandre, l'un des personnages les plus pathétiques qui soient. Un si beau prénom, que l'on croise de plus en plus dans les écoles, porteur d'une si lourde malédiction. Elle est la plus belle des filles de Priam, le roi de Troie. Apollon, qui la convoite, lui a transmis son don de prophétie en échange d'une nuit avec elle. La jeune fille a accepté, puis s'est dérobée. Rouerie ou reculade ? Peu importe, elle n'est prête à lui concéder qu'un baiser. Furieux, le dieu se venge et lui crache dans la bouche. Désormais, elle devinera l'avenir, mais personne jamais n'accordera foi à ses prédictions.

D'autres femmes possèdent le don de divination, se présentant comme des intermédiaires entre le monde des hommes et celui des dieux. La plus célèbre est bien entendu la puissante Pythie de Delphes. Les visiteurs se bousculent au temple d'Apollon dont elle est la prêtresse, cherchant tous à recueillir son oracle. La pythie mâchonne des feuilles de laurier et entre en transe. Ses états hallucinatoires sont très impressionnants, ils éveillent la crainte et le respect : c'est une femme puissante dont la parole est écoutée. Ses prédictions interviennent à de nombreuses reprises dans le cours du destin des personnages de la mythologie, la plus célèbre étant celle où elle annonce à Œdipe tétanisé qu'il va épouser sa mère et tuer son père. Si ses révélations n'empêchent pas le destin de s'accomplir, elles n'en sont pas moins très recherchées. D'autres femmes joueront le rôle de prophétesse. Cassandre, elle, est la seule dont personne ne croit les oracles.

Qu'y a-t-il de plus terrible que de dire la vérité et d'être prise pour une menteuse ? Comment arriver à faire en sorte que sa parole soit non seulement écoutée, mais surtout entendue ? Bien des femmes au cours des siècles ne sont pas crues, particulièrement lorsqu'elles dénoncent un homme. Une femme qui ose rompre le silence, qui prend son courage à deux mains pour dénoncer des faits de harcèlement ou de viol se heurte si souvent à l'incrédulité du confident qu'elle s'est choisi, ou bien encore de la police, de la justice ou d'une autre institution… Le hashtag #JeTeCrois, devenu emblématique de la rupture de l'omerta version #MeToo, est un combat qui rejoint la détresse de Cassandre, celle qu'on ne croyait jamais. Grâce à cette lutte, dans certaines parties du monde la voix des femmes se fait enfin entendre. Mais, dans de nombreux autres pays, elles sont encore tenues pour quantité négligeable, esclavagisées, quand on ne les bâillonne pas carrément, comme en Afghanistan, ou qu'on tente de le faire, comme en Iran.

Mais si Cassandre énonce des vérités auxquelles personne n'accorde le moindre crédit, c'est surtout parce qu'elle ne prophétise que des catastrophes. Elle est porteuse de mauvaises nouvelles et sa vérité est tout simplement irrecevable. Comment supporter de l'entendre annoncer la ruine de Troie, le carnage sanglant qui s'ensuivra ? Elle prédit la défaite et sa parole, en pleine guerre, ne peut qu'être inaudible. Voilà pourquoi on la traite de folle, on se moque de ses visions, on la tourne en ridicule. Prendre Cassandre au sérieux, c'est courir le risque du désespoir. C'est aussi laisser à une femme l'initiative de la conduite de la vie politique et guerrière. Les dangers qu'elle tente d'écarter, les conseils qu'elle donne ne peuvent que rencontrer une surdité de son entourage, car par sa lucidité elle remet en cause complètement le pouvoir et ses décisions. Ainsi, après la chute de Troie, Agamemnon la réduit en esclavage et l'emmène avec lui à Mycènes. À l'approche des murailles de la cité, la prophétesse troyenne, terrorisée, prévient le roi que s'il entre il trouvera la mort. Terrifiée, elle voit également sa propre mort. Mais comment le vainqueur de Troie pourrait-il accorder crédit aux visions d'une captive ? Il n'en tient pas compte, et on connaît la suite... Clytemnestre, d'ailleurs, après avoir assassiné son mari, comprend que Cassandre sait qu'elle est la meurtrière et la poignarde également. Là encore, il n'y a pas l'ombre d'une jalousie de la part de la reine de Mycènes, mais si elle veut garder le pouvoir, le nom de celui qui a tué le roi doit rester secret.

À toutes les étapes du mythe, c'est l'aveuglement de ceux que Cassandre cherche à prévenir qui cause leur perte. Le supplice pour la belle jeune femme est de tout savoir, tout voir venir, sans jamais pouvoir enrayer le cours du destin. Pourquoi est-ce que je discerne en elle, malgré tout, une femme qui triomphe? Tout simplement parce qu'elle est la seule et unique à avoir vu juste. Cassandre est celle qui sait. En cela, elle est infiniment supérieure aux rois et chefs des armées, dont la cécité est flagrante.

Aujourd'hui encore, on accole son prénom à ceux qui annoncent des catastrophes, on dit « qu'ils jouent les Cassandre ». Telle une Greta Thunberg, par exemple, la parole prophétique que portent les femmes est trop souvent dédaignée. L'exemple de Cassandre n'est-il donc pas suffisant? Après coup, les survivants se lamentent tous et regrettent de ne pas l'avoir écoutée à temps. De ne pas avoir cru en elle. Ce que le mythe nous apprend, c'est bien la lucidité et la clairvoyance des femmes face aux épreuves, le poids de leur parole et les risques qu'une société prend à ne pas en tenir compte.

Ce que le mythe
de Cassandre
nous apprend,
c'est bien la lucidité
et la clairvoyance
des femmes face
aux épreuves,
le poids de leur
parole et les risques
qu'une société prend
à ne pas en tenir
compte.

Briséis, femme-butin

Connaissez-vous l'ONG We Are Not Weapons of War (« Nous ne sommes pas des armes de guerre ») ? Elle se bat, avec d'autres, pour lutter contre une plaie endémique de tous les conflits armés du globe : l'usage des femmes comme butin. Le viol de guerre est utilisé pour humilier, détruire, mettre à genoux l'adversaire. « Il n'y a pas de chiffres précis. Les statistiques qui existent font froid dans le dos : 7 000 Yézidies esclaves sexuelles de Daech, 500 000 femmes violées au Rwanda, 100 000 au Guatemala, en Amérique centrale, des dizaines de milliers de viols à l'encontre des Rohingyas en Birmanie où ces violences sont utilisées comme arme de nettoyage ethnique[1] », écrit ainsi Maria Poblete dans son livre *Nadia Murad : non à l'esclavage sexuel*. Depuis, on a vu les soldats russes à l'œuvre en Ukraine. Partout, dans toutes les zones de conflit, les femmes sont des proies. Certains évoquent l'existence de tels rapts depuis l'Antiquité, comme si cela en diminuait la barbarie. Effectivement, au cours de la guerre de Troie, les Grecs enlevaient les femmes dans les villages qu'ils avaient vaincus. Elles faisaient partie de leur butin de guerre. Pour autant, parlons-nous de

---

1 — *Nadia Murad : non à l'esclavage sexuel*, de Maria Poblete, Actes Sud jeunesse, 2021, p. 64.

la même réalité ? Je ne suis pas historienne, ni anthropologue. Je ne peux me pencher que sur la littérature. Or, dans l'*Iliade*, c'est une captive troyenne qui fait tout basculer. Elle se nomme Briséis et, curieusement, son nom est presque inconnu aujourd'hui. Pourtant, de même que la guerre fut déclenchée par l'enlèvement d'Hélène à son mari, le tournant décisif de ce conflit eut lieu après l'enlèvement de Briséis à celui qui l'avait choisie pour compagne, le grand héros Achille.

Cette jeune Troyenne, qui faisait partie d'un lot de captives ayant échu à Achille, était d'une grande beauté. Le jeune guerrier en tomba amoureux. Au point de la vouloir sans cesse à ses côtés et d'envisager de l'épouser. Quels furent les sentiments de la jeune fille en retour ? On ne peut les deviner qu'en creux dans les textes. J'ai opté résolument pour un amour réciproque. D'autant que Patrocle, le meilleur ami d'Achille, probablement son amant aussi, se montre d'une bienveillance extrême à l'égard de Briséis. Achille est flamboyant, généreux, incontrôlable, excessif et en tout point fascinant. Autour de lui, l'alliance de Briséis et Patrocle, unis dans leur attirance, ressemble à une ceinture protectrice affective. Patrocle promet à Briséis qu'elle va épouser Achille, juste au moment où tout se détraque. Agamemnon, encore lui, décide de s'octroyer Briséis. Pour quelle raison peut-il se le permettre ? Il a été obligé de renvoyer chez elle sa propre captive préférée, fille d'un prêtre d'Apollon, pour attirer les bonnes grâces des dieux sur l'armée grecque. Puisqu'on lui retire une partie de son butin, qu'à cela ne tienne, il se rembourse sur le butin d'un autre. Écœurant marchandage qui n'accorde pas plus de valeur à ces esclaves troyennes qu'à des objets. Mais ce que le chef des Grecs n'a pas prévu, c'est justement que l'amour se soit invité dans l'affaire. Achille est humilié, Achille est vexé, mais surtout Achille est malheureux et désemparé de se voir arracher Briséis. Et comment réagit le grand héros ? Il s'enferme sous sa tente, refuse dès lors de prendre part aux combats, entretient sa colère et pleure. Oui, il verse d'abondantes larmes. Achille est malade d'amour, à en crever, quelle bonne nouvelle ! Le destin de la guerre s'infléchit à cause d'une peine de cœur. Car sans Achille, les Grecs ne peuvent pas gagner.

Mais voilà que Patrocle, enfilant l'armure de son ami, part au combat à sa place et meurt. De nouveau Achille pleure sa douleur, il en devient même littéralement fou. Plus question de rester à ruminer sa rage sous sa tente, il décide d'aller venger son ami sur le champ de bataille. Entre-temps, Agamemnon a cédé et lui a rendu Briséis. Celle-ci, assez étrangement, endosse la fonction de veuve et prononce le chant funèbre à la mémoire de Patrocle, tout en se lacérant le visage. Lorsqu'Achille meurt à son

Briséis est bien
celle par qui
la guerre de Troie
a basculé,
et le fait qu'elle
ait été occultée
par l'Histoire
est aussi injuste
que problématique.

tour, c'est à elle qu'Ulysse remet le bouclier du héros. Elle est doublement considérée comme la veuve officielle, celle d'Achille comme celle de Patrocle. Ses lamentations funèbres la placent dans une fonction de premier plan.

Dans son roman *Le Silence des vaincues*[2], l'autrice britannique Pat Barker donne le premier rôle à Briséis, mais elle nous la montre comme une femme obligée de surmonter sa répugnance pour Achille, déployant des stratégies de survie dans un monde d'une hostilité implacable. Si je ne partage pas cette interprétation, en revanche je la rejoins sur deux points essentiels à mes yeux: Briséis est bien celle par qui la guerre de Troie a basculé, et le fait qu'elle ait été occultée par l'Histoire est aussi injuste que problématique.

À bien y réfléchir, l'effacement de cette Troyenne de notre champ de vision n'est-il pas dû au désir d'hyper-virilisation des guerriers, ayant conduit à un véritable contresens sur la notion de héros? Comme si un héros qui pleurniche parce qu'on lui a piqué une femme ne serait pas assez glorieux. Et si, au contraire, par sa posture même, Briséis la captive incarnait, elle aussi, la liberté de la femme, capable de reprendre en main son destin malgré les chaînes dont elle a été accablée?

---

2 — *Le Silence des vaincues*, de Pat Barker, Éditions Charleston, 2020.

D'ordinaire, les enjeux de la guerre sont clairs pour les femmes : celles des vainqueurs sauvent leur liberté, celles des vaincus sont asservies. Briséis, par la relation qu'elle tisse avec Patrocle et Achille, comme par le conflit qu'elle suscite entre Achille et Agamemnon, échappe à sa condition d'esclave, pour gagner elle aussi le clan des femmes de pouvoir.

17.
Héros ou femmelettes ?

C'est un fait, les petits mâles pullulent. Je parle là de ces garçons qui se croient obligés de rouler les biscottos parce qu'ils cherchent éperdument à se conformer à l'image stéréotypée de la virilité qu'on leur a inculquée. Nul besoin de fréquenter les collégiens pour les rencontrer, ils hantent déjà les cours de récréation des écoles élémentaires. Je les repère au bout de deux minutes, ceux-là, l'œil belliqueux, le poing brandi pour un oui pour un non, l'insulte à la commissure des lèvres… « Ingérables », soupirent leurs enseignants. Ils sont sans doute nourris de jeux vidéo guerriers, de mangas mal compris, mais surtout de postures de fier-à-bras chipées par mimétisme aux hommes de leur entourage. Ils se rêvent en Héraclès ou Achille. Ils vénèrent la force par peur de leur faiblesse. Ils me font souvent penser à des grenades prêtes à être dégoupillées. Je bénis Homère de me donner l'occasion de les désamorcer.

Le vrai héros est celui qui pleure

Je demande, l'air de rien : « À quoi reconnaît-on un vrai héros de la guerre de Troie ? » Les réponses fusent, à grand renfort d'épées, de courage et de cuirasse dans une surenchère belliqueuse prévisible. Hochement de tête négatif de ma part : « Vous n'y êtes pas du tout... Le plus grand héros, c'est celui qui pleure le plus. » Stupeur dans la salle. J'enfonce le clou : « Les larmes valent autant que les armes pour Homère. » Incrédulité de mon jeune auditoire. Alors je raconte pourquoi Achille bat tout le monde en la matière : il verse des larmes quand on lui enlève Briséis, il sanglote quand Patrocle est tué, mais la détresse d'un autre peut aussi lui arracher des pleurs. Ainsi, lorsque Priam, le père d'Hector, vient réclamer qu'il lui rende le cadavre de son fils, il est touché par la douleur du vieil homme : il cesse de voir en lui le père de son pire ennemi et mêle ses pleurs aux siens. Je ne vous cache pas le plaisir que je prends à montrer que pleurer n'est pas un truc réservé aux filles, ni un signe de sensiblerie mal placée, voire d'un manque de virilité, mais bien au contraire la manifestation d'une attention à autrui. Comme l'explique très bien l'historienne de la Grèce antique

Hélène Monsacré : quand Achille ne combat pas, il pleure. « Tout laisse à penser que pour un héros épique, pleurer n'était pas seulement exprimer un désarroi momentané mais relevait bien plus d'un comportement constitutif de sa nature[1]. » Expression d'une souffrance active, qui ne cherche pas à se cacher, au contraire. Ainsi, tout au long de l'*Odyssée*, Ulysse et ses hommes ne cessent-ils de se lamenter sur leurs compagnons qui succombent en chemin. Même s'ils acceptent la nature de la guerre, et leur destin, les hommes souffrent de la mort de leurs amis. Ils sont héroïques par leur proximité avec la mort, mais aussi avec la douleur et la perte de leurs proches. Cependant, si tous les grands héros et même les dieux pleurent abondamment à l'époque homérique, on verra ces ruisseaux de larmes s'assécher à l'époque classique, au moment où la virilité impose de ne plus verser aucune larme, sous peine d'être accusé de féminité…

Reste qu'on aurait tort de taxer Homère de féminisme. Pleurer ne transforme pas un homme en femme, et sans doute les larmes des femmes homériques sont-elles plus du domaine de la sensiblerie, tandis que celles des hommes du côté de la sensibilité. De plus, je me garde bien

---

1 — *Les Larmes d'Achille*, d'Hélène Monsacré, Albin Michel, 1984, rééd. Le Félin-Kiron, 2010.

Je ne vous cache pas
le plaisir que je prends
à montrer que pleurer
n'est pas un truc réservé
aux filles, ni un signe
de sensiblerie mal placée,
voire d'un manque
de virilité, mais
bien au contraire
la manifestation
d'une attention à autrui.

de raconter à mes petits matamores en herbe le nombre d'insultes sexistes qu'échangent les combattants. Car chez Homère, le mauvais guerrier est abreuvé de sobriquets qui l'assimilent à une femme ou une femelle. Certains personnages sont raillés pour leur manque de virilité. Ainsi en est-il de Pâris, le couard, le plus charmeur de tous. Ce joli cœur qui, en séduisant la belle Hélène, fut à l'origine de la sanglante guerre est souvent assimilé à une femmelette au cours du poème. L'ambiguïté de ce coureur de jupons est liée à son manque de courage et cette poltronnerie le renvoie du côté des femmes. Car, si elles peuvent parfois faire preuve d'un grand courage, elles sont résolument exclues du champ de bataille. Preuve en est le combat singulier entre l'amant et le mari d'Hélène.

Ménélas et Pâris se battent férocement. Mais Pâris est sous la protection de la déesse de l'Amour, Aphrodite. C'est elle qui fait que la lame du roi de Sparte se brise en plusieurs morceaux sur le casque de Pâris. Et lorsque, furieux, Ménélas saisit Pâris par le cimier en crin de son casque, le déséquilibre, le traîne au sol brutalement et étrangle le jeune Troyen avec la lanière de son casque, Aphrodite intervient de nouveau. Elle tranche la sangle de son épée et enveloppe le champ de bataille d'un nuage de poussière. Lorsque le nuage se dissipe, Pâris a disparu. La foule lève les yeux sur les murailles et aperçoit le Troyen aux côtés de la belle Hélène. Quelqu'un crie : « La déesse Aphrodite a renvoyé ce lâche dans les draps de sa belle ! » Et un grand rire moqueur secoue les rangs grecs.

Ambiguïtés de genre

Femmelette, donc. Pour autant, même ceux qui sont désignés ainsi ne sont pas nécessairement des personnages négatifs ou ridiculisés, bien au contraire. J'affectionne particulièrement une figure secondaire de l'*Odyssée* qui porte en elle les ambiguïtés de genre, et déplace le curseur entre le masculin et le féminin : il s'agit d'Elpénor, le plus jeune des compagnons d'Ulysse. Je lui ai prêté un père qui le rejette, le traite de femmelette, au point qu'il souhaite s'embarquer aux côtés d'Ulysse pour prouver à la face du monde qu'il est un homme courageux. Ce tout jeune homme se fait accepter parmi les guerriers d'Ithaque en jurant qu'il rendra mille services. Las ! En mer, victime d'une terrible et permanente nausée, il n'est d'aucune utilité, et sur terre il se révèle le moins courageux de tous. Il tremble de peur au moindre bruit, s'évanouit à la vue du sang. Les autres se moquent de ses traits graciles de fille, de sa peau délicate et de ses pleurnicheries incessantes. Ulysse s'interpose pour que le pauvre souffre-douleur ne soit pas trop martyrisé, mais sa gaucherie l'agace souvent. Qu'est donc venue faire cette

Il n'est nul besoin
d'une virilité
ostentatoire
pour faire partie
des guerriers
dont on va
chanter le récit
au cours
des siècles.

petite nature parmi ses hommes? « Un jour où le garçon s'était montré particulièrement couard en se dissimulant dans un panier de linge pour éviter de partir sur le champ de bataille, Ulysse s'est énervé plus fort que d'habitude. Les femmes qui s'occupaient du camp étaient venues le chercher en riant. Puis elles avaient soulevé devant lui le couvercle du panier, et il avait découvert Elpénor. « Tu mérites de rester à t'occuper de la cuisine et du linge avec les femmes, puisque tu refuses de te battre ! Tu n'es qu'une femmelette ! » a crié Ulysse. Elpénor a planté ses yeux dans les siens et a répondu : « Tu parles comme mon père. Je suis parti avec toi pour prouver à papa que j'étais un homme. Pour ne plus l'entendre me traiter de femmelette... Si toi aussi tu le dis, c'est que je ne suis pas capable d'être un homme. Je n'ai de place nulle part[2]. » L'adolescent a déplié son corps de sauterelle, puis s'est éloigné à grandes enjambées.

Par la suite, si Elpénor n'acquiert jamais de courage au combat, lui ne trahira pas Ulysse : lorsque son équipage fomentera une mutinerie, le seul qui lui restera fidèle sera le jeune garçon craintif. La fin de son histoire est bouleversante. Victime d'un accident chez Circé, Elpénor se rompt le cou. Ulysse pleure sa mort comme si c'était

---

2 — *Le Feuilleton d'Ulysse*, *op. cit.*, p. 140.

son fils. Et lorsque, descendu aux Enfers, le roi d'Ithaque échange avec l'ombre du jeune mort, voici ce que celui-ci lui demande : « S'il te plaît, plante une rame, celle que j'utilisais sur ton vaisseau ; plante-la debout, fièrement dressée, à l'endroit de mon tombeau. Ainsi, chacun pourra savoir que je fus, malgré tout, plein de courage. » Puis, dans un souffle, il ajoute : « Si mon père passe un jour par là, il comprendra que je n'étais pas une femmelette[3]... »

Ainsi, même des hommes dénués du courage des armes trouvent leur place au sein de l'épopée la plus sanglante qui soit. Signe de plus qu'il n'est nul besoin d'une virilité ostentatoire pour faire partie des guerriers dont on va chanter le récit au cours des siècles. Certes, Elpénor ne fait pas partie des héros, et d'ailleurs il meurt d'un accident dû à son ivresse, mais sa présence montre que les personnages ne sont jamais enfermés dans des cadres, des représentations figées, et que même leurs faiblesses et leurs fragilités peuvent apparaître comme des forces. En cela, les récits de l'Antiquité nous permettent de souligner la complexité de la nature humaine. Comme cela me réjouit...

---

3 — *Ibid.*, p. 157.

18.
Fières et mystérieuses Amazones

Il était une fois un peuple exclusivement composé de femmes, de redoutables guerrières, aussi habiles dans l'art de chevaucher un pur-sang que dans celui de bander leur arc. On les appelle les Amazones. Ces fières combattantes apparaissent dans de nombreux récits, qu'il s'agisse pour Héraclès d'accomplir l'un de ses douze travaux en dérobant sa ceinture à Hippolyté, la reine des Amazones, ou bien pour Thésée de tomber fou amoureux d'Antiopé, une autre de leurs reines. On les croise un peu partout, en sculpture, peinture, gravure sur métal ou pierre, et cela dès l'Antiquité. Les vases grecs et autres vestiges nous permettent de nous les représenter avec beaucoup de précision. Elles ne sont pas vêtues, comme les autres femmes, de tissus drapés mais portent des tuniques près du corps, pratiques et confortables pour monter à cheval. Elles sont armées d'arcs et de flèches mais aussi de haches et de javelots. Acharnées au combat comme à la chasse, capables de remporter de nombreuses victoires et de défendre leur territoire contre toutes les invasions, elles symbolisent une puissance féminine absolue. Elles ne sont asservies à rien. On les dit en symbiose avec la nature. Si elles vivent entre elles, c'est par désir d'autonomie et de liberté, pas par détestation des hommes, encore moins par renoncement à la sexualité. Les Amazones choisissent leurs partenaires sans contraintes : souvent des femmes, mais aussi des hommes. Elles ne sont pas toutes lesbiennes, elles refusent simplement qu'on leur impose le joug du patriarcat. Ce ne sont ni des épouses ni de bonnes mères, elles ne savent pas tenir une maison, ni filer et tisser la laine. Elles sont multiples mais, quelles que soient leurs facettes, elles incarnent le miroir inversé de tous les stéréotypes féminins traditionnels.

Dis, les Amazones ont-elles existé ?

À peine ai-je commencé à faire entrer ces fières guerrières dans mes histoires que j'ai remarqué avec surprise combien elles excitaient l'imagination de chacun. L'un me soutient avec assurance qu'elles se coupaient un sein pour pouvoir caler leur arc – vieux cliché sorti des fantasmes masculins –, l'autre prétend qu'elles haïssaient les mâles et les réduisaient en esclavage, y compris sexuel, un troisième me certifie que nous parlons d'une tribu venue du Caucase, ou bien peut-être du côté de l'Orient. Quant à certaines militantes féministes, elles les prennent pour les ancêtres de la guerre des sexes. Étrange, cette projection fébrile...

J'ai en effet démarré ce chapitre par la formule consacrée « Il était une fois » pour bien marquer qu'ici aussi nous sommes en présence de personnages de fiction. Pourquoi dès lors ne cesse-t-on de me demander si elles ont vraiment existé ? Cette question ne se pose ni pour les dieux et déesses des mythes ni pour les héros et héroïnes des épopées et des tragédies... D'où vient que les Amazones provoquent cet engouement ? L'historienne Violaine Sebillotte Cuchet affirme justement que les historiens sont sans cesse enjoints à prendre position sur la question de l'existence des Amazones, et cela depuis le Ve siècle av. J.-C., ce qui est significatif de la place spécifique occupée encore aujourd'hui par ce mythe, mais n'est assurément pas le problème. On peut dire avec une absolue certitude qu'elles n'ont pas existé, pour autant ces personnages littéraires et artistiques doivent être considérés selon elle « comme des éléments à part entière de l'Histoire, y compris par ce qu'elles disent du rapport des hommes aux femmes ou

Les Amazones,
si proches d'Athéna
la déesse sage
et guerrière, mais
aussi de la sauvage
et libre Artémis,
font rêver
par leur capacité
à décider
de leur destinée sans
les hommes.

des femmes à la guerre[1] ». Citant la percutante formule de l'anthropologue de la Grèce ancienne et spécialiste des images François Lissarrague, « Le père Noël n'existe pas, pourtant il est réel », l'historienne nous aide à comprendre que ce peuple imaginaire est surtout un formidable miroir des femmes guerrières qui, elles, eurent une existence bien réelle.

Nul besoin d'ailleurs de chercher bien loin : une femme nommée Artémise fut reine de la cité d'Halicarnasse au Ve siècle av. J.-C. et capitaine de vaisseaux de guerre. À la lecture de la minutieuse enquête que l'historienne vient de lui consacrer[2], j'ai appris que des femmes de pouvoir existaient bel et bien dès l'Antiquité, et pas seulement dans les mythes. Et que donc mes chères Amazones étaient des reflets de cette réalité objective, nouvelle ô combien réjouissante. Voilà sans doute la raison pour laquelle elles dérangeaient déjà, à l'époque. Pour preuve, les réécritures qui toutes ont cherché à grignoter leur marge de manœuvre. Encore une fois, les femmes qui ne sont pas soumises à la domination masculine bousculent bien trop l'ordre établi. Ainsi, par exemple, c'est par choix

---

1 — « Le mythe dans l'histoire. La réalité des Amazones antiques », de Violaine Sebillote Cuchet, in *Les historiens croient-ils aux mythes ?*, dir. par Dominique Kalifa, Éditions de la Sorbonne, 2016.

2 — *Artémise*, de Violaine Sebillote Cuchet, Fayard, 2022.

qu'Antiopé a suivi Thésée à Athènes. Il ne l'a pas enlevée, contrairement à ce que ses compagnes crurent en attaquant le palais afin de la libérer. Et surtout contrairement à ce que certains récits affirment, préférant sans doute replacer la reine des Amazones entre les mains d'un homme.

Les Amazones, si proches d'Athéna la déesse sage et guerrière, mais aussi de la sauvage et libre Artémis, font rêver par leur capacité à décider de leur destinée sans les hommes. Elles sont la preuve éclatante que sur le champ de bataille aussi les femmes de l'Antiquité avaient leur mot à dire. Je plaide pour qu'on leur laisse leur part de mystère, sans les instrumentaliser, ni les fantasmer : leur pouvoir réside dans l'immense surface de projection qu'elles offrent aux femmes d'aujourd'hui.

19.
Faire sortir Atalante de l’ombre

Le malheur d'être née fille. Combien de millions de femmes dans le monde le subissent cruellement ? Combien d'adolescentes suffoquent, emprisonnées dans le carcan d'une société patriarcale qui les broie et va souvent même jusqu'à nier leur existence ? Celles dont on dispose de la vie comme d'une marchandise, celles dont on veut maîtriser le corps, le mutiler ou le dissimuler sous des voiles obscurantistes, celles à qui on refuse l'éducation, celles qu'on préfère même parfois ne pas alimenter, bouches inutiles à nourrir. Oui, des Afghanes aux Iraniennes, en passant par les Camerounaises ou les Indiennes, le malheur d'être née fille dans un monde tel que le nôtre est une sanglante réalité.

Ce malheur, une héroïne de la mythologie l'a vécu douloureusement dans sa chair et a su le transformer en bonheur, ou plus exactement a su imposer ses choix à la face du monde : il s'agit d'Atalante. Une héroïne à l'histoire riche et complexe, qui étonnamment est longtemps restée dans l'ombre. Mais est-ce bien si étonnant ? Mis à part Artémis, à laquelle son destin est d'ailleurs intimement lié, il n'y a pas de modèle plus exaltant à suivre pour une fillette d'aujourd'hui. Atalante incarne une manière décomplexée d'assumer sa liberté de femme. Elle menace peut-être plus que toutes les autres le patriarcat. Elle donne espoir.

Le malheur de naître fille

Tout a pourtant très mal commencé pour elle. À sa naissance, son père, Iasos, le roi du Péloponnèse, est tellement déçu d'avoir une fille qu'il décide de la livrer aux bêtes sauvages. Oui, il l'abandonne dans la montagne, sur le mont Pélion, pour qu'elle se fasse dévorer ! Une gigantesque ourse découvre le bébé, mais au lieu de le déchiqueter elle se met à l'allaiter. Le mythe prend position dès le début : la bête sauvage c'est le père, pas l'animal. L'enfant est sauvée. Quel futur père oserait dire aujourd'hui qu'il préférerait avoir un garçon ? L'époque a bien changé et celui qui clamerait ce désir serait traité à juste titre de phallocrate. Pourtant, il n'y a pas si longtemps encore, la prééminence des mâles était une évidence et il y a partout

Atalante incarne
une manière
décomplexée
d'assumer
sa liberté de femme.
Elle menace
peut-être plus que
toutes les autres
le patriarcat.
Elle donne espoir.

dans le monde, aujourd'hui encore, des répliques de Iasos, prêtes à sacrifier leur enfant parce que c'est une fille. Un proverbe dont la provenance est fantaisiste – indien selon les uns, chinois selon les autres – clame « qu'avoir une fille c'est arroser le jardin du voisin », façon élégante de dire qu'on va l'élever pour rien, ou pire encore que c'est une catastrophe parce qu'il faudra la doter pour la marier et qu'elle va donc coûter des sous. Plutôt que l'abandon aux bêtes sauvages, nombreux sont ceux qui ont recours à l'échographie, notamment en Inde, et éliminent le fœtus quand il s'avère que c'est une fille. Mais revenons à Atalante, adoptée par une ourse sur le mont Pélion.

Quelqu'un d'autre vit sur le mont Pélion, quelqu'un qui a lui aussi été marqué dans sa chair par l'abandon d'un père, c'est le centaure Chiron. Sa propre mère vivait une romance avec le dieu Cronos. Alors qu'ils étaient en pleins ébats amoureux, Rhéa, la femme de Cronos, a surgi. Faisant preuve de la même lâcheté que Zeus lorsqu'Héra apparaît, Cronos s'est enfui en se transformant en cheval. La déesse ne s'est pas vengée sur la jeune fille tremblante, elle lui a simplement lancé un regard pénétrant avant de partir. Or celle-ci était enceinte. Lorsqu'elle a mis au monde son enfant, il avait la tête et le torse d'un homme, mais le tronc et les jambes d'un cheval ! C'était un centaure. De désespoir, la mère de Chiron s'est transformée en saule pleureur. En grandissant, le centaure n'a jamais oublié ce rejet qu'il a inspiré à sa propre mère, ni l'abandon de son père. Aussi, lorsqu'il tombe par hasard en forêt sur cette ourse allaitant ce bébé, il n'hésite pas à le recueillir et à le protéger. Lui sait ce que cela représente de ne pas être l'enfant rêvé par ses parents. Il élève la petite Atalante et l'intègre à la bande de garçons dont il a la charge de l'éducation. Ce sont les fils de rois, tous ceux qui par la suite seront les héros d'aventures fabuleuses et mythiques, tels que Jason, Achille ou bien encore Héraclès.

Atalante s'impose parmi les garçons

J'ai toujours vu en Atalante une sorte de double humain de la déesse Artémis. Car cette jeune fille, élevée dans les bois, aux côtés des garçons, devient une habile chasseresse, aussi douée au tir à l'arc qu'à la course à pied ou au lancer de javelot. Elle semble vouée aux activités traditionnellement masculines, grimpe aux arbres comme personne, et clame haut et fort que jamais, au grand jamais, elle ne se mariera. Atalante a beau grandir dans un environnement qui lui convient, elle souffre intimement d'avoir été rejetée à cause de son sexe et rêve d'être un garçon. Jusqu'au jour où elle rencontre Artémis, qui vit elle aussi avec sa bande de nymphes dans les parages du mont Pélion. La déesse s'attache à cette petite sauvageonne, en qui elle se retrouve.

La première partie des aventures d'Atalante se passe au cours d'une chasse au sanglier à Calydon. Un monstrueux sanglier, doté de défenses aussi longues qu'aiguisées, ravage les récoltes et tue depuis trop longtemps les paysans sur le royaume d'Œnée. Son fils, Méléagre, organise une gigantesque battue pour vaincre l'animal. Il invite les meilleurs chasseurs de toute la Grèce et inclut Atalante dans la bande. La jeune fille est folle de joie : pensez donc, elle sera la seule femme parmi cette cohorte de chasseurs ! De plus, elle sait que parmi les chasseurs se trouvera Iasos, son père, qu'elle n'a jamais revu. La légende n'oublie pas de montrer le mécontentement de certains chasseurs qui acceptent difficilement sa présence. Pas plus qu'elle ne nous laisse oublier que nous avons affaire à une femme, puisque deux des centaures qui participent à la battue se jettent sur elle et tentent de la violer. Elle s'en sort grâce aux flèches d'Artémis, sa protectrice, mais le décor est bien planté : une femme vient s'affronter aux meilleurs chasseurs de la Grèce.

Après quelques péripéties – ce récit mythique est long et plein de rebondissements –, c'est Atalante qui remporte la dépouille du sanglier. Quand Iasos, ébloui par son habileté, sa force et son courage, s'exclame que son père a de la chance et qu'il doit être fier d'elle, elle lui dévoile son identité. On pourrait s'arrêter là, avec un happy end puisque le roi lui ouvre grand les bras et les portes de son palais. On aurait ainsi l'une des légendes antiques les plus valorisantes pour les femmes. Mais non, on ne change pas sa nature aussi vite, c'est après que ça se gâte. Parce que le roi, heureux d'avoir récupéré une fille aussi vaillante, se décide aussitôt… à la marier !

Atalante se récrie que jamais, jamais elle n'épousera quiconque. Et, pour bien acter son refus, la voilà qui s'embarque avec la bande des Argonautes de Jason, partant à la conquête de la Toison d'or. Là encore, seule femme à bord, parmi toute cette équipe de garçons à la recherche d'aventure, Atalante s'impose. Lorsque le navire *Argo* aborde l'île des Amazones, c'est la présence d'Atalante parmi l'équipage qui fait baisser leurs armes aux guerrières. La jeune fille, habillée en homme, cheveux coupés court, est dans son élément. Lorsqu'il s'agit de montrer endurance, solidité et habileté, elle répond toujours présente.

Mais tout voyage a une fin, et l'intrépide jeune femme doit regagner le palais de son père. L'histoire ne dit pas comment elle a réussi à convaincre son père de la laisser participer à cette expédition. Sans doute Atalante, à force de se comporter comme une aventurière, comble-t-elle

Atalante a beau
grandir dans
un environnement
qui lui convient,
elle souffre
intimement d'avoir
été rejetée à cause
de son sexe et rêve
d'être un garçon.

ses frustrations de ne pas avoir eu un garçon. Cependant, dès qu'elle est de retour, l'obsession de son père resurgit : il faut la marier.

C'est alors que le troisième volet du mythe d'Atalante commence, peut-être le plus intéressant à questionner. La jeune fille accepte d'épouser l'homme qui parviendra à la battre à la course à pied. Elle deviendra l'épouse du vainqueur, mais si elle gagne, le vaincu lui appartiendra. Donnant-donnant. Elle en fait ce qu'elle veut. Et que veut-elle, Atalante ? Échapper à ce mariage forcé et à toute domination masculine. Les prétendants se bousculent. Elle est belle, fascinante même, et son père règne sur le prospère Péloponnèse. De quoi éveiller bien des convoitises. Les compétitions ont lieu en public. Mais Atalante est une vraie championne : elle coiffe tout le monde sur la ligne d'arrivée. Que fait-elle donc des vaincus ? Elle les tue, tout simplement. Histoire de montrer que le pouvoir est entre ses mains.

Un tel comportement ne pouvait que finir par indisposer la déesse Aphrodite. Cette petite qui se vante de mépriser l'amour et se refuse à se mettre en couple va devoir être mise au pas. La déesse invente un stratagème diabolique pour que l'un des prétendants puisse l'emporter. Il s'agit du jeune Hippomène. Lui n'est pas tout à fait comme les autres : de longues jambes, un corps élancé, presque gracile, des traits fins, quasi féminins, et surtout il est éperdument amoureux d'Atalante. Il aime sa beauté et sa liberté. Aphrodite lui confie trois pommes d'or. On retrouve cet objet du désir féminin qui causa la terrible querelle des déesses.

La course à pied battait son plein, Atalante talonnait Hippomène lorsqu'il jeta une première pomme au sol. La jeune fille ralentit pour la ramasser. Elle reprit sa course et allait le dépasser lorsqu'il se débarrassa d'une deuxième pomme. Elle freina légèrement pour la prendre également. La ligne d'arrivée approchait, elle allait le doubler lorsqu'il lança la troisième. Atalante hésita une fraction de seconde puis se baissa pour l'attraper. Une fraction de seconde de trop : Hippomène arriva le premier. Atalante allait devoir l'épouser.

Cependant, cette version du mythe est la plus invraisemblable de toutes. En effet, il est bien improbable qu'Atalante soit attirée par un tel objet. En revanche, ce que je crois, moi, c'est qu'Atalante avait tout simplement des vues sur Hippomène. Cet homme-là était à son goût et c'est en toute liberté de choix qu'elle l'a laissé gagner. À partir de là, ce couple aurait pu couler des jours tranquilles – mais la fin du mythe en a décidé autrement. Les jeunes gens s'en donnent à cœur joie, partagent leurs longues courses à cheval en forêt et leurs parties de chasse.

Un jour, ivres de soleil, d'espace et de nature, ils font une halte tout près d'un temple. Pris d'un désir irrépressible, ils entrent, se dévêtent et font l'amour. Sacrilège ! Ce temple est dédié à Aphrodite, et comme Hippomène a oublié de la remercier pour son aide, la déesse décide de se venger. Elle transforme les amoureux en lions ! Une métamorphose qui, à y regarder de près, n'est pas si terrible que cela. Elle aurait pu, comme Circé, les transformer en porcs, elle choisit au contraire le roi des animaux : des bêtes sauvages et libres. Une manière de nous signifier la toute-puissance du désir féminin.

Cette question du désir des femmes n'est d'ailleurs pas éludée par les mythes grecs, pas plus que celle de leur plaisir, bien au contraire. Une très jolie légende lui fait allégeance de la plus belle manière qui soit. Savez-vous pour quelle raison le devin Tirésias fut frappé de cécité ? Parce qu'il révéla les secrets du plaisir féminin à Zeus. Héra, furieuse de savoir ce secret divulgué, le rendit aveugle. Et pour compenser, Zeus dota Tirésias du pouvoir de divination. Mais comment Tirésias connaissait-il ce secret ? Parce que, durant sept ans, il avait été lui-même... une femme. En effet, ce jeune homme tout ce qu'il y a de plus anodin et anonyme se promenait, un jour, lorsqu'il tomba sur deux serpents accouplés. Contrairement au

Sa détermination,
son moral d'acier,
ses prouesses
sportives,
sa liberté
sexuelle, tout
nous pousse avec
Atalante à croire
en nos rêves
les plus fous.

dieu Hermès qui, lui, rencontra des serpents en train de se battre et leur tendit un bâton autour duquel ils s'enlacèrent, Tirésias tendit un bâton mais pour séparer les serpents enlacés. Ce geste de rompre un accouplement lui valut cette condamnation d'être transformé en femme. Naturellement, lorsqu'il put retrouver son sexe originel, il avait découvert les mystères du plaisir féminin. C'est pourquoi Zeus, qui se querellait avec sa femme à ce sujet, vint le consulter. Chacun des deux prétendait que le plaisir de l'autre sexe était le plus grand… Tirésias trancha : « Si la jouissance était composée en dix morceaux, la femme en récolterait neuf et l'homme un seul. » Mais ce secret-là ne devait pas être divulgué, d'où le châtiment terrible de Tirésias !

On voit que le désir et le plaisir féminins font peur aux hommes depuis si longtemps… D'ailleurs, la manière dont la postérité littéraire a délaissé Atalante, l'héroïne la plus libre et la plus égale aux hommes, en dit long également sur cette volonté de ne pas tendre aux filles de miroirs valorisants. De ne pas mettre en lumière leur formidable puissance et de les maintenir dans le rôle dévolu à leur sexe. Je pense à toutes ces magnifiques championnes, toutes athlètes de haut niveau, qui ont été obligées, comme elle, de lutter pour faire reconnaître leur talent et se tailler une place dans un monde d'hommes.

Je me souviens de la première fois où j'ai vu Marie-José Pérec s'envoler littéralement sur une piste d'athlétisme. Elle courait comme Atalante en son temps, ses longues enjambées puissantes, ses pieds qui touchaient à peine le sol de la piste… Je pense aussi à cette Française, Julia Simon, championne du monde de poursuite en biathlon… N'oubliez plus jamais Atalante, celle qui fait éclater les cadres et jette aux orties le supposé « sexe faible ». Sa détermination, son moral d'acier, ses prouesses sportives, sa liberté sexuelle, tout nous pousse avec Atalante à croire en nos rêves les plus fous.

20.
Lettre à Antigone celle qui dit non

Toi et moi, on s'est rencontrées banalement, comme des milliers de lycéens de ma génération, à travers l'étude, obligatoire, de la pièce de théâtre qui porte ton nom. C'était celle d'Anouilh et je découvrais pour la première fois ton nom, Antigone. Tu m'as tout de suite fascinée. Ton intransigeance, ton jusqu'au-boutisme, ce refus de tout compromis et par-dessus tout ce que moi je lisais de courage et de révolte dans ton attitude, du haut de mes 15 ans. J'ai aimé le panache avec lequel tu tiens tête au dictateur, ton oncle, Créon l'usurpateur. J'ai aimé cette manière que tu as de regarder le désespoir bien en face et de lui préférer la résistance. Tes deux frères, tu les aimais pareillement, tu ne voulais pas choisir entre eux, ils s'étaient combattus à mort, s'assassinant mutuellement : leur haine n'était pas ton problème. Ce qui te concernait en revanche directement, c'était l'interdiction de ton oncle que l'on rende les honneurs à celui de tes frères qui ne s'était pas rangé dans son camp. Tu refusais d'accepter une telle injustice.

Duquel s'agissait-il ? De Polynice, me semble-t-il, mais je ne parviens jamais à me souvenir si c'est pour lui, ou bien pour Étéocle, que tu as risqué et perdu ta vie. Ce que tu combattais, de toute la force têtue de ta jeunesse, c'était le pouvoir absolu d'un homme se croyant au-dessus de tous, même des dieux. Dans la tragédie écrite par Sophocle, que j'ai lue un peu plus tard, les dieux sont bien présents. Mais pas dans celle écrite et jouée en 1944. Dans la version d'Anouilh, tu incarnes la figure même de la résistante contre un despote humain. Et si tu décides de braver ses ordres, ce n'est pas au nom de lois divines qui seraient supérieures à celles édictées par Créon, mais pour suivre ce que te dicte ta conscience. Ton sens de l'honneur et de la justice est bien plus puissant que ce qu'ordonne le roi, c'est lui que tu vas écouter. Tu décides d'ensevelir ton frère, alors que tu sais encourir la mort pour cet acte. Tu en assumes le risque, Antigone, sciemment. Parce que tu ne peux pas agir autrement. Tu es celle qui dit non. Celle qui épouse la liberté, quel qu'en soit le prix à payer. Tu seras emmurée vivante pour avoir enfreint les ordres, mais tu as gagné quand même. Tu as prouvé que l'on pouvait résister aux tyrans et rester fidèle à ses convictions.

J'avais 15 ans et je t'ai choisie comme modèle, en me jurant avec la passion de mon âge d'essayer de te ressembler toute ma vie. Y suis-je parvenue ? Oh que non ! D'une part je n'ai jamais été confrontée à des choix mettant en danger mon existence, d'autre part je suis bien incapable de savoir comment j'agirais en pareille circonstance. Bien entendu, Anouilh t'a redonné vie sous l'Occupation nazie, ce qui n'est pas anodin. On enseigne en classe aujourd'hui à détecter, sous ton personnage, le symbole de la Résistance. Peut-être. Pour autant, qui est capable d'affirmer qu'il aurait agi comme toi ? Tes vraies héritières, Antigone, sont celles qui, hier, faisaient passer des messages, dirigeaient des réseaux, menaient des opérations de sabotage, cachaient des juifs ou des résistants. Et aujourd'hui toutes celles qui résistent, prennent les armes ou le maquis, du Nicaragua à la Syrie, de l'Iran à l'Afghanistan, et risquent leur vie chaque jour au nom de leur liberté, oui toutes ces femmes-là sont tes héritières.

Mais moi, en quoi le fait de t'avoir rencontrée durant mon adolescence m'a-t-il inspirée ? Trente ans plus tard, j'ai eu l'idée de créer une collection de livres à destination de la jeunesse dont tu m'avais de toute évidence soufflé le nom : « Ceux qui ont dit non ». Des romans qui mettent en lumière l'engagement et le combat de grandes figures ayant su obéir à leur conscience pour défendre une certaine idée des droits de l'Homme. Presque autant d'hommes que de femmes, tant le combat est bien partagé. De Rosa Parks à Lucie Aubrac, de Olympe de Gouges à Simone Veil, Angela Davis ou Frida Kahlo, toutes sont tes descendantes. Comment mettre mes pas dans les tiens ? J'ai dévié tu sais, j'ai opté pour le collectif. Oui, j'ai eu à cœur de rassembler un collectif d'auteurs autour de moi, pour défendre valeurs et convictions ensemble. Car toi, tu m'as toujours paru si seule. C'est cette bouleversante solitude pesant sur tes épaules qui me faisait pleurer, plus encore que ta fin tragique.

Antigone, je te rêvais solaire et non ténébreuse, charismatique plus que renfermée. Ton dévouement absolu à l'égard d'Œdipe, ton père, m'intéressait moins que ton combat pour refuser un pouvoir absolu. Je te préférais en dissidente, en anarchiste bousculant un ordre établi patriarcal plutôt qu'en fille fidèle et attentionnée. Je sais bien que tu es les deux à la fois, mais celle qui me parle, et n'a jamais fini de me parler, c'est la révoltée. Nous sommes si nombreuses à ressentir cela pour toi, quelle victoire ! Et lorsque, sous la grâce de la plume d'Henry

Toutes celles qui
résistent, prennent
les armes ou le maquis,
du Nicaragua à la Syrie,
de l’Iran à l’Afghanistan,
et risquent leur vie
chaque jour au nom
de leur liberté, oui toutes
ces femmes-là sont
les héritières d’Antigone.

Bauchau, tu es devenue en 1997 une héroïne de roman, tu as encore accru ton aura et l'aveuglante nécessité de ta présence pour les femmes d'aujourd'hui. Antigone, si contemporaine, brûlante incarnation de la rébellion, femme qui lutte pour sa liberté, pour notre liberté à toutes, nous sommes des millions à nous reconnaître en toi.

Alors, quand on me demande – question récurrente s'il en est – quel est mon personnage préféré, je réponds invariablement que c'est toi. Oui toi, la plus magnifique de toutes les héroïnes de la mythologie grecque. Le sais-tu, que tu as gagné ? Que tu nous hantes et nous habites à ce point, nous les femmes du XXIe siècle ? Je t'ai écrit un poème, que tu ne liras jamais. Il se termine ainsi :

Sous la pierre
ensevelie
avant que la terre n'étouffe ton cri
tu nous as dit
debout
restez toujours debout

J'ai promis
d'essayer

Et du plus loin qu'il me souvienne
je hisse
ta robe blanche maculée de liberté
phare
étendard
voile de mes odyssées[1].

---

1 — *Voix Vives de méditerranée en méditerranée, Anthologie Sète 2023*, Éditions Bruno Doucey, 2023.

Épilogue
Un immense souffle de liberté

C'est une porte que l'on appelle la porte romaine. Dans mon village crétois, celui où j'ai choisi de planter mes racines et où mon écriture se déploie à l'ombre d'un mûrier et d'un oranger, on passe sous ce porche de pierres en frissonnant, mais tête haute, menton levé. C'est ici qu'une toute jeune fille nommée Rodanthi a eu le courage de planter un poignard dans le cœur du chef des occupants turcs. Elle s'est ensuite enfuie dans la montagne et a rejoint la troupe de *pallikares* du capétan Kazanis, sous le nom masculin de Manolis, pour combattre à leurs côtés contre l'occupant turc. Encore une tragédie antique oubliée ? Pas du tout, la terrible histoire de Rodanthi se passe entre 1817 et 1823. Fillette, elle est envoyée par son père, qui était le pope du village de Kritsá, à l'est de la Crète, dans une école secrète au monastère de

Faneromeni. Pourquoi secrète ? Parce qu'à l'époque les Ottomans interdisent l'apprentissage de la langue grecque et de l'histoire crétoise. Cet apprentissage se poursuit mais en toute clandestinité. De cet enseignement naîtront chez Rodanthi le goût de sa terre et une rage de vivre libre qui ne la quitteront jamais. *Eleftheria*, « Liberté », sera sa devise. Pour elle, comme pour son peuple.

Un jour, alors qu'elle est assise devant son métier à tisser, un des officiers turcs, qui se promène dans son village déguisé en paysan, l'entend chanter. Khursit Pacha, c'est son nom, tombe fou amoureux d'elle et demande qu'on la lui amène le plus vite possible. Dès le lendemain, des soldats turcs envahissent la maison de la jeune femme. Devant la résistance désespérée de la mère de Rodanthi, ils n'hésitent pas à lui trancher la gorge, sous les yeux horrifiés de sa fille. Ce soir-là, les femmes turques vêtent la villageoise crétoise d'une robe de mariée immaculée, et la cérémonie a lieu. Tard dans la soirée, le Pacha et Rodanthi restent seuls, sous ce porche romain. C'est alors qu'elle détourne l'attention du Turc, se saisit de sa propre arme et le tue. La légende décrit sa robe blanche éclaboussée de sang, qu'elle jette aux orties pour revêtir des habits d'homme, avant de couper ses cheveux avec le couteau sanglant. La légende dit aussi qu'elle fut l'une des combattantes les plus acharnées de la troupe du capétan

Kazanis. Ce n'est qu'à sa mort que les *pallikares* découvrirent, stupéfaits, que leur compagnon était en réalité une compagne.

Dans son village d'origine, Kritsá, la rue principale se nomme aujourd'hui rue Kritsotopoula – ce qui signifie « la villageoise de Kritsá » – pour lui rendre hommage, et une statue la représente. Un musée retrace son héroïque résistance. Je me suis longtemps demandé pourquoi cette histoire me frappait autant, avant de comprendre qu'elle aurait tout simplement pu faire partie des récits mythologiques dont je me nourris. Comme si Rodanthi était l'héritière directe d'Antigone. Durant toutes les occupations successives, les femmes ont activement participé à la résistance. Encore aujourd'hui, le courage des Grecques, mes amies, mes voisines, celles qui pour faire bouillir la marmite cumulent deux ou trois métiers sans un jour de repos, me stupéfie. Elles ne le font ni par résignation ni par tradition, elles le font par soif d'indépendance et de liberté. Elles le font parce qu'à y regarder de plus près, dans cette société méditerranéenne où le patriarcat semble bien vivace, c'est elles qui ont le vrai pouvoir. Elles sont en cela les héritières de toutes ces déesses et héroïnes nées sur leur sol il y a des milliers d'années. Elles font avancer la société et portent ainsi la causc des femmes, sans tambour ni trompette. Peu importe que leurs mots ne soient pas empreints des combats féministes qui sont les miens, leurs actes quotidiens le sont bien davantage.

Je me souviens de ma première rencontre avec l'autrice camerounaise Djaïli Amadou Amal. Elle qui fut mariée de force, comme une femme sur deux dans son pays me dit-elle, a trouvé le courage inouï de s'enfuir, de s'affranchir de ce mari imposé. Mieux encore, elle a trouvé en elle les mots pour dénoncer cette abjection. Son roman *Les Impatientes*[1] a été un électrochoc dans son pays comme chez nous, où elle a remporté le Goncourt des lycéens. Depuis, elle a créé une fondation qui lutte pour les droits des femmes, milite pour l'éducation des filles et leur émancipation de la tutelle des hommes. Ce soir de septembre 2022, je l'écoutais avec avidité se confier, et plus je l'écoutais, plus je voyais en elle une véritable héroïne féministe, et flotter autour d'elle les figures libres et rebelles d'Athéna ou d'Artémis. Je me demandais où elle avait puisé cette audace, celle de dire non. « Pourquoi moi et pas d'autres ? me dit-elle comme si elle devinait ma pensée. C'est simple. Moi, j'ai eu cette chance unique d'être une petite fille entourée de livres. Je lisais partout et tout le temps. C'est la lecture qui m'a sauvé la vie. La

---

1 — *Les Impatientes*, de Djaïli Amadou Amal, Éditions Emmanuelle Collas, 2020.

seule différence entre mes camarades qui se sont résignées à leur sort et moi, c'est que j'avais lu et compris que le monde pouvait être autrement et qu'il était de mon droit de choisir mon destin. » Voilà ce qui résume plus que tout à mes yeux l'utilité de raconter les déesses et les héroïnes antiques. Avant de mettre sa libération en actes, il faut l'avoir rêvée, et seuls les personnages de la littérature proposent de tels miroirs.

Vous l'aurez découvert, comme moi, les femmes de la mythologie portent toutes en elles un immense souffle de liberté. La force émancipatrice de ces figures repose grandement sur leur diversité. Ce que j'aime par-dessus tout, avec elles, c'est la liberté de choix qu'elles nous octroient. Nous avons chacune une manière bien à nous de vivre notre féminité, et elles sont là pour nous y autoriser. Elles ne proposent pas un modèle unique à suivre, elles ne se construisent pas en antagonisme ou compétition avec les hommes, mais elles sont toutes actrices de leur vie. Qu'elles accomplissent des exploits ou soient plus réservées, qu'elles brillent dans la lumière ou se maintiennent dans l'ombre, le résultat est le même : elles bousculent l'ordre établi et ne laissent jamais les hommes dicter leur loi.

Chaque femme, quel que soit son choix de vie, peut trouver une source d'inspiration dans la cohorte des personnages féminins antiques. Il y a celles qui sont fières de leur fonction nourricière, comme l'était Hestia : c'est leur job que la maison soit bien tenue et la table bien garnie. Il y a celles qui cultivent leur potager ou élèvent leurs animaux avec la joie du labeur accompli, comme Déméter. Il y a celles qui refusent de se laisser bafouer par un homme et n'acceptent pas la trahison sans réagir. Si on n'en est plus à se venger à la façon d'Héra ou de Médée, les réactions de ces grandes blessées de l'amour aident à tenir le cap. Il y a celles qui ne veulent plus accepter les violences de leur conjoint, ou de voir leurs enfants les subir, et puisent réconfort en Gaïa ou Rhéa ; celles qui refusent qu'on les marie de force ou font échouer ces unions non choisies, comme Aphrodite ou Thétis. Et puis il y a les passionnées, celles qui comme Hélène quittent tout par amour, pour se reconstruire ailleurs ; celles qui nouent une alliance en béton avec l'homme qu'elles aiment, comme Pénélope ; celles qui soutiennent la tête de leur compagnon hors de l'eau, comme Ariane au labyrinthe ; les scandaleuses qui telle Phèdre osent clamer leur flamme à la face du monde ; celles qui jouent avec volupté de leur séduction, telle Aphrodite. Il y a les femmes qui aiment les hommes, celles qui aiment les femmes et celles qui aiment les deux, comme à peu près toutes les déesses antiques... Il y a les femmes de tête qui s'accomplissent en dirigeantes, comme Clytemnestre, et ne laisseront aucun homme leur confisquer leur pouvoir, les femmes de science et les guerrières qui se rêvent en Athéna. Et puis il y a toutes celles qui veulent choisir librement leur manière de s'habiller, de vivre, de courir, d'aimer, de chanter, de danser, de créer, de lutter, toutes celles qui veulent se dépasser, toutes ces graines de championnes, inspirées par Artémis ou Atalante, toutes ces femmes qui n'ont nul besoin des hommes pour exister, comme les Amazones. Toutes celles qui savent dire non, fût-ce au péril de leur vie. Transmission faite et bien faite : je vois partout des Antigone qui ne sont pas prêtes à se soumettre.

Remerciements

Pour une autre femme ensoleillée et forte…

Tu ne verras pas ce livre, ma chère Sophie, et pourtant c'est toi qui l'as rêvé. Ce livre, je l'ai écrit pour toi, par toi, à travers toi. Sans ton désir, ton enthousiasme tellurique, jamais je ne me serais lancée dans cette odyssée. Tu m'as questionnée avec avidité ; tu m'as écoutée m'enflammer pour mes héroïnes et mes déesses. Lorsque je te parlais, tes yeux brillaient, ton sourire déjà immense s'élargissait encore plus, tes yeux se fendaient. Et puis tu m'as dit : « C'est tellement passionnant, c'est si important : il faut raconter ces femmes, nous avons besoin d'elles pour aujourd'hui. » C'était ton idée, me faire raconter à tous ce qui te réjouissait si fort. Tu aimais partager. Et je t'ai dit oui, voilà, parce qu'à toi on ne peut pas dire non. Ton sourire inoxydable déplace les montagnes. Tu as le flair d'une grande éditrice, tu as l'empathie avec les lecteurs, tu as la connivence bienveillante face à nos fragilités d'auteur.

Tu m'as confiée à Charlotte Rotman, éditrice si attentionnée et pro tout au long de la mise au monde de ce livre, et à ta belle équipe de L'Iconoclaste dont tu étais si fière. Mais tu es toujours restée là, très près, m'encourageant de tes petits messages au fil des mois. Lorsque tu as reçu le manuscrit, tu m'as écrit : « Merci de ton beau cadeau ! Je suis totalement enthousiaste de ton texte ! » La voix vibrante de ton dernier message : tu te réjouis de me retrouver bientôt pour annoncer la sortie de ce livre, caler ensemble la couverture, la maquette… « Que toutes les femmes ensoleillées et fortes soient avec toi ! » m'écrivais-tu encore. Qui pouvait imaginer que tu ne le verrais pas ? Tu es partie sous le soleil grec, accompagnée de ces femmes fortes et sensibles qui t'ont devancée et que tu es allée rejoindre. Merci Sophie, pour tout.

Références bibliographiques

Simone BERTIÈRE, *Apologie pour Clytemnestre*, Éditions de Fallois, 2004, et le Livre de poche

Jean-Baptiste BONNARD, « Phèdre sans inceste », *Revue historique*, n° 621, PUF, 2002

Pierre ELLINGER, *Artémis, déesse de tous les dangers*, Larousse, 2009

Françoise FRONTISI-DUCROUX, *L'Homme-cerf et la Femme araignée*, Gallimard, coll. « Le temps des images », 2003

Françoise FRONTISI-DUCROUX, *Ouvrages de dames, Ariane, Hélène, Pénélope...*, Le Seuil, 2009

Robert GRAVES, *Les Mythes grecs*, Fayard, 1967, et Livre de Poche

Pierre GRIMAL, *Dictionnaire de la mythologie grecque et romaine*, Presses universitaires de France, 1999

Titiou LECOQ, *Les Grandes Oubliées. Pourquoi l'Histoire a effacé les femmes*, L'Iconoclaste, 2021, et Proche, 2023

Évelyne MÉRON, « Grandeur et misère de Clytemnestre », *Revue des études anciennes*, 1985

Hélène MONSACRÉ, *Les Larmes d'Achille*, Albin Michel, 1984, Le Félin poche, 2010

Violaine SEBILLOTE COUCHET, *Le Mythe dans l'histoire. La réalité des Amazones antiques*, Éditions de la Sorbonne, 2016

Violaine SEBILLOTE COUCHET, *Artémise*, Fayard, 2022

Murielle SZAC, *Le Feuilleton d'Hermès, la mythologie grecque en cent épisodes*, Bayard Éditions, 2006

Murielle SZAC, *Le Feuilleton de Thésée, la mythologie grecque en cent épisodes*, Bayard Éditions, 2011

Murielle SZAC, *Le Feuilleton d'Ulysse, la mythologie grecque en cent épisodes*, Bayard Éditions, 2015

Murielle SZAC, *Le Feuilleton d'Artémis, la mythologie grecque en cent épisodes*, Bayard Éditions, 2019

Jean-Pierre VERNANT, *L'Univers, les dieux, les hommes*, Le Seuil, 1999

Table

De la même autrice

Chez Bayard Éditions

Le Feuilleton d'Hermès, la mythologie grecque en cent épisodes, illustré par Jean-Manuel Duvivier, 2006

Le Feuilleton de Thésée, la mythologie grecque en cent épisodes, illustré par Rémi Saillard, 2011

Le Feuilleton d'Ulysse, la mythologie grecque en cent épisodes, illustré par Sébastien Thibault, 2015

Le Feuilleton d'Artémis, la mythologie grecque en cent épisodes, illustré par Olivia Sautreuil, 2019

Le Feuilleton de Tsippora, un récit biblique en cent épisodes, illustré par Joëlle Jolivet, 2023

Chez Emmanuelle Collas

Eleftheria, 2022

Chez Bruno Doucey

Immenses sont leurs ailes, illustré par Nathalie Novi, 2021

Chez Actes Sud Jeunesse

Victor Hugo : Non à la peine de mort, 2008

Émile Zola : Non à l'erreur judiciaire, 2011

Non à l'individualisme, nouvelles (collectif), 2011

Non à l'indifférence, nouvelles (collectif), 2013

Non à l'intolérance, nouvelles (collectif), 2015

Jacques Prévert : Non à l'ordre établi, 2018

Joan Baez : Non à l'injustice, 2019

Gustave Courbet : Non au conformisme (collectif), 2019

Victor Hugo dit non à la peine de mort, BD, avec Sébastien Vassant, 2020

Chez Thierry Magnier

J'attends maman, 2003

L'Expulsion, 2006

La maîtresse a pleuré trois fois, 2010

Chez Didier Jeunesse

Berceuses et balladines jazz (avec Ceilin Poggi, Thierry Eliez et Ilya Green), 2017

Chez Le Seuil Jeunesse

Un lourd silence, 1999

La Grève, 2008

L'EXEMPLAIRE QUE VOUS TENEZ ENTRE LES MAINS
A ÉTÉ RENDU POSSIBLE GRÂCE AU TRAVAIL DE TOUTE UNE ÉQUIPE.

ÉDITION : Charlotte Rotman

COUVERTURE ET CONCEPTION GRAPHIQUE : Quintin Leeds

RÉVISION : Emmanuel Dazin, Isabelle Paccalet, avec Alice Posière, et Nathalie Reignier-Decruck

MISE EN PAGE : Soft Office

PHOTOGRAVURE : Point 11

FABRICATION : Louise Clément

DIRECTION COMMERCIALE : Adèle Leproux

COORDINATION ÉDITORIALE : Thomas Garet

RELATIONS LIBRAIRES : Alexandra Profizi

PRESSE : Marie-Laure Walckenaer avec Lise Chaton

COMMUNICATION DIGITALE : Alice Huguet

RUE JACOB DIFFUSION : Élise Lacaze (direction), Katia Berry (grand Sud-Est), François-Marie Bironneau (Nord et Est), Charlotte Jeunesse (Paris et région parisienne), Christelle Guilleminot (grand Sud-Ouest), Laure Sagot (grand Ouest), Diane Maretheu (coordination), Charlotte Knibiehly (ventes directes) et Camille Saunier (librairies spécialisées)

DISTRIBUTION : Interforum

DROITS FRANCE ET JURIDIQUE : Geoffroy Fauchier-Magnan et Marion Rowe

DROITS ÉTRANGERS : Sophie Langlais et Ella Bartlett

DROITS AUDIOVISUEL, THÉÂTRE, PODCAST : Alba Beccaria et Geoffroy Fauchier-Magnan

ACCUEIL ET LIBRAIRIE : Laurence Zarra et Lucie Martino

ENVOIS AUX JOURNALISTES ET LIBRAIRES : Vidal Ruiz Martinez

COMPTABILITÉ ET DROITS D'AUTEUR : Christelle Lemonnier, Camille Breynaert et Christine Blaise

SERVICES GÉNÉRAUX : Isadora Monteiro Dos Reis

L’ensemble de cet ouvrage a été réalisé dans le
respect des règles environnementales en vigueur.
Il a été imprimé par un imprimeur certifié
Imprim’vert, sur du Munken Print White PEFC
pour l’intérieur et une carte Crescendo PEFC
pour la couverture.

Achevé d’imprimer sur les presses de l’imprimerie
Corlet à Condé-en-Normandie (Calvados) en août 2023.

ISBN : 978-2-37880-310-0

Numéro d’impression : 23070256
Dépôt légal : Octobre 2023

En France, un livre a le même prix partout. C'est le « prix unique du livre » instauré par la loi de 1981 pour protéger le livre et la lecture. L'éditeur fixe librement ce prix et l'imprime sur le livre. Tous les commerçants sont obligés de le respecter. Que vous achetiez votre livre en librairie, dans une grande surface ou en ligne, vous le payez donc au même prix. Avec une carte de fidélité, vous pouvez bénéficier d'une réduction allant jusqu'à 5 % applicable uniquement en magasin (les commandes en ligne expédiées à domicile en sont exclues). Si vous payez moins cher, c'est que le livre est d'occasion.